AF235552

Jana Jeworreck

Die Töchter des Henkers

Von Nymphen, Hexen, Prinzen und
Herzenswünschen

Eine Märchennovelle

1. Auflage
Copyright © 2020 Jana Jeworreck
Alle Rechte vorbehalten.
Jana Jeworreck,
Brantropstr. 73a, 44795 Bochum
Umschlaggestaltung: Jana Jeworreck
Fotos: Pixabay, lizenzfrei
Lektorat: Mike Schröder
Herstellung & Verlag:
BoD – Books on Demand,
Norderstedt
ISBN: 9783752625004

Der Bote

Einst lebte am Rande eines Waldes in der Mitte des Landes Weossuno ein berühmter Mann. Er war Scharfrichter des Königs und hieß Edmund Wetter. Die Leute aber gaben ihm viele unschöne Namen, denn man hasste und fürchtete ihn aufgrund seines Amtes und mied seine Gegenwart. Aus diesem Grunde hatte er sich abseits der engen Hauptstadt Ehrenberg zwischen die Bäume und Bäche des Waldes Goldrin zurückgezogen und eine Hütte gebaut.

Die einzige Person, die niemals Angst vor ihm gehabt hatte, weil sie als Nachbarskind mit ihm großgeworden war, war seine Ehefrau. Sie hatte ihm zwei Töchter geschenkt und viele Jahre waren sie glücklich miteinander gewesen. Doch dann war sie plötzlich verstorben und seither versorgte er die Mädchen allein, was ihm weitestgehend gelang.

Für die Ausübung seiner Arbeit als Vollstrecker wurde er durch einen berittenen Boten bestellt, der die Listen der Todgeweihten überbrachte. Edmund Wetter genoss es, seinem Ruf gerecht zu werden und die jungen Burschen

1

unvermittelt anzubrüllen, sobald sie die Liste übergeben hatten. „Macht euch hinfort!", schrie er dann und schwang dazu sein Beil, sodass die Boten voller Panik rückwärtsstolperten und davonrannten.

Danach weigerten sich immer mehr Überbringer nochmals zur Hütte zu reiten. In weinseliger Runde gestanden einige, dass sie sich vor dem schreckenerregenden Mann beinahe in die Hosen gemacht hätten.

Ein Umstand aber sorgte dafür, dass es dennoch keinen Engpass an freiwilligen Boten gab. Seit die Töchter des Henkers zu Frauen herangewachsen waren, übte die Tatsache, dass der Vater sie verbarg, eine enorme Anziehungskraft auf die Männer der Stadt und der Umgebung aus. Das Begehren, ihrer ansichtig zu werden, wurde bald größer als die Angst vor dem Freimann. Zudem herrschte viel Rivalität unter den jungen Kerlen und es wurde schließlich zu einer Mutprobe unter ihnen, die Listen zum Henker zu bringen.

Manche hatten bereits von der jüngeren Tochter, der schönen blonden Felia, erfahren, die ihren Vater in der Vergangenheit manches Mal in die Stadt begleitet hatte. Sie hatte nun in etwa siebzehn Sommer gesehen und sie zu erspähen, wurde bereits als Erfolg gewertet.

Als besondere Herausforderung galt es aber, die ältere Tochter namens Tonja zu entdecken, die bereits das neunzehnte Lebensjahr erreicht hatte. „Das Biest" nannte man sie heimlich. Oder auch „die Missgeburt", was aber keineswegs der Wahrheit entsprach. Vielmehr hatte sie eine schwere Krankheit gezeichnet.

Am ganzen Körper sowie im Gesicht waren ihr Narben geblieben. Weiter war das linke Auge gelähmt und das Lid hing herab. Sie versteckte sich vor Fremden, nachdem sie als Kind bei einem Ausflug in die Stadt gehänselt und mit altem Brot und anderen unschönen Dingen beworfen

2

worden war. Von da an flüchtete sie panisch vor jedem Unbekannten, der sich ihr näherte. Um Tonja vor unnötigen Qualen zu schützen, hielt der Vater alle Personen von ihr fern.

Ihre Schwester Felia durfte seit ihrem vierzehnten Lebensjahr ebenfalls nicht mehr in die Stadt, denn bei ihr fürchtete der Vater, sie würde sich zu schnell von einem Mann einnehmen lassen.

Die Sorge war nicht unberechtigt, denn die Jüngere wollte das Leben kennenlernen. Wenn also ein Bote kam, setzte sie sich nach Möglichkeit immer ganz nah an das Fenster, sodass der Herbeigerittene sie auch durch den Schleier der Vorhänge sehen konnte.

An einem heißen Frühsommertag saß Edmund Wetter mit seinen Töchtern beim Mahl.

Gelangweilt stocherte Felia im Essen auf ihrem Holzbrett herum, was Tonja nervte, denn es hielt sie davon ab, sich auf das Gedicht zu konzentrieren, an das sie sich zu erinnern versuchte.

„Können wir nicht endlich mal wieder in die Stadt fahren?", quengelte die Jüngere. „Vater, es ist doch hier so schrecklich langweilig."

Edmund Wetter verzog missbilligend den Mund und schüttelte den Kopf.

„Es sind gefährliche Zeiten, Felia. Die Bärenmänner aus den Sümpfen des Ostens treiben in der Stadt ihr Unwesen. Es gibt Gerüchte, wonach sie den König stürzen wollen, weil er ihre kostbaren Sümpfe erobert hat. Außerdem haben wir die erste Hitzewelle des Jahres. In der Stadt, mit ihren steinernen Mauern und gepflasterten Straßen, ist es wärmer als hier im Wald Goldrin. Ich fürchte eher ..."

Unvermittelt hörte er auf zu sprechen und wirkte angespannt. Tonja kannte diesen Gesichtsausdruck nur allzu

3

gut. Geräuschvoll schob sie den Stuhl zurück. Felia hingegen begriff nicht gleich.

„Vater, was fürchtest du?", fragte sie.

„Felia", sagte Tonja in belehrendem Tonfall, „Vater spürt, dass ein Bote auf dem Weg hierher ist. Es ist doch so?"

„Besser du ziehst dich zurück. Und du gehst heute mit ihr, Felia", befahl Edmund Wetter, der die Ankunft fremder Männer auf geradezu übersinnliche Weise wahrnehmen konnte.

Die Jüngere heulte auf. „Warum das denn?"

Tonja räumte mit flinken Bewegungen den Tisch ab und hatte sich bereits ein Tuch umgeschlagen, noch bevor die jüngere Schwester mit ihrem Schwall an Einwänden fertig war. Die meisten bezogen sich ohnehin darauf, wie ungerecht es war, dass sie – Felia – ihr Leben versteckt und wie eine Gefangene verbringen musste, nur weil sie – der ausgestreckte Finger zeigte auf Tonja – vor der bösen Wirklichkeit geschützt werden müsse.

Aber Edmund Wetter ließ nicht mit sich reden. Seine Entschlossenheit erkannte Tonja daran, dass sein Blick sich verdüsterte und er zur bedrohlichen Axt griff, die immer in der Nähe abgestellt war. Niemals hätte er seinen Töchtern etwas angetan, aber ein wenig fürchtete sich Tonja schon vor ihm. Vielleicht sogar mehr als Felia.

Sie nahm die Hand ihrer Schwester und zog sie zur Hintertür.

„Komm. Es ist so ein strahlender Tag. Wir werden die Zeit schon rumzubringen wissen."

Felia stolperte ihr widerwillig hinterher.

Die jungen Frauen liefen den üblichen Weg in den Wald hinein, bis die Hütte völlig von den Bäumen verschluckt war. Der Pfad führte zu einem kleinen Bach, der meistens

4

munter über die Steine plätscherte. Doch aufgrund der Hitze, selbst im dichten Wald, war er nahezu ausgetrocknet.

Sie erreichten eine beschauliche Stelle nahe dem kaum vorhandenen Wasser und Tonja setzte sich. Ein spärliches Rinnsal floss gemächlich zwischen strahlend weißen Steinen hindurch, die, trocken durch die Sonne, matt und glanzlos dalagen.

Felia hingegen sammelte Gänseblümchen, die sie zu einer Kette band. Die jüngere Schwester besaß einfach nicht die Ruhe, um entspannt an einem Bachufer zu sitzen.

„Oh nein!", rief Tonja plötzlich aus.

Ein winziger bunt schimmernder Fisch lag gestrandet in einer Pfütze, die sich auf einem Stein gebildet hatte. Das Wasser war nahezu vollständig verdunstet und der Fisch zappelte verzweifelt um sein Leben.

Tonja wollte ihn behutsam in das tropfende Wasser heben, als Felia ihr den Fisch aus der Hand riss und hoch in die Luft warf.

„Flieg, Fischchen, flieg!", rief sie und erhielt dafür sofort eine Ohrfeige von der älteren Schwester.

Tonja fing das Tier auf und brachte es schnell in das Wasser zurück. Im selben Augenblick zogen aus dem Nichts schwere Wolken auf und es blitzte am Himmel.

Wütend sprang Felia auf Tonja zu und riss sie an den Haaren, doch die große Schwester wehrte sich.

Heftiges Donnergrollen ertönte, als würden schwere Fässer durch eine Halle gerollt.

Es dauerte nicht lange, da schlugen sich die Schwestern wie unreife Kinder. Währenddessen öffnete der Himmel seine Schleusen und ließ einen weichen Sommerregen niedergehen, fast so, als wolle er auf diese Weise die Zankenden sanft, aber entschieden voneinander trennen. Die Kleider der jungen Frauen saugten sich schnell voll Wasser und der Schlamm blieb an ihnen haften. Schwer atmend ließen sie voneinander ab.

Tonja war jedoch immer noch wütend auf Felia und dem Gesichtsausdruck der Jüngeren zufolge beruhte das auf Gegenseitigkeit, aber der Regen wurde immer stärker. Bald schienen Bindfäden aus dem grauen Himmel zu fallen.

Nach einiger Zeit fröstelte Tonja in ihrer durchweichten Kleidung. Trotz ihrer Wut sah sie von einem weiteren Kampf ab und machte sich auf den Rückweg. Felia folgte ihr missmutig.

Zügig eilten sie zur Hütte zurück. Der Bote war gewiss bereits zurückgeritten, um dem Unwetter zu entgehen.

Hektor

Hektor, wie der Bote hieß, war keineswegs sofort umgekehrt, sondern nur zum Schein von der Hütte des Henkers fortgeritten. Außer Sichtweite des furchteinflößenden Edmund Wetter hatte der junge Mann einen weiten Bogen eingeschlagen, sein Pferd Windeseil an einem Baum angebunden und sich im Gebüsch versteckt.

Von dieser Position aus befand sich die Hütte des Henkers in seinem Rücken und vor ihm lag ein Trampelpfad, den die Töchter des Henkers vermutlich benutzt hatten.

Seine Ahnung erwies sich als richtig.

Er hatte schon aufgeben wollen, nachdem es so stark zu regnen begonnen hatte, aber dann sah er die jungen Frauen den Hang in seine Richtung entlangstolpern.

Als sie auf der Höhe seines Versteckes angekommen waren, sprang er ihnen in den Weg. Dabei hielt er bedrohlich ein Jagdmesser hoch, das er immer bei sich trug.

Die Blonde stieß einen kurzen, spitzen Schrei aus, während die Brünette erstarrte. Die Frauen wichen verängstigt zurück, was ihn nicht überraschte. Er genoss es ein wenig und ging dann weiter auf sie zu. Bisher konnte er keine der

7

hexenhaften Eigenschaften erkennen, die man ihnen nachsagte.

Er stellte lediglich fest, dass die Jüngere der beiden tatsächlich entzückend aussah, selbst so durchnässt und mit triefenden Haaren, was ihm ungewollt ein Grinsen ins Gesicht zauberte. War das jene Magie, von der gemunkelt wurde?

Er bemerkte zugleich, dass die ältere Tochter nicht im Geringsten den Gerüchten entsprach, die über sie kursierten. Sie hatte keine Hörner, Warzen oder einen Buckel. Ihr Gesicht erschien ein klein wenig schief, es war sonnengebräunt und verdreckt mit Schlamm. Die Narben ließen sich kaum erahnen, und die Augen funkelten auffällig. Ihr Aussehen entsprach vielleicht flüchtig dem Bild einer ungebändigten Hexe. Körperlich aber war sie ebenfalls recht ansprechend, jedoch nichts im Vergleich mit ihrer Schwester.

Das Gewitter verstärkte sich. Sturmböen fegten durch die Bäume, Donner grollte und Blitze zuckten umher. Hektors Hand mit dem Messer zitterte unwillkürlich. Waren die Töchter des Henkers vielleicht tatsächlich Hexen, wie es allerorten über sie gesagt wurde? Konnten sie gar Naturgewalten wie Blitz und Donner beherrschen?

Er durfte jetzt keinen Rückzieher machen, denn sein Ruf als tollkühner Abenteurer und Frauenheld stand auf dem Spiel. Schnell riss er sich zusammen, sprang vor, griff sich eine Haarsträhne der erstarrten Brünetten und schnitt sie mit der immer gut geschärften Klinge seines Jagdmessers ab.

Die Jüngere kreischte und zugleich schlug ein Blitz in einem Baum in der Nähe ein. Sie stürzte und auch Hektor stolperte, fing sich aber und landete in ihrer Nähe auf dem Boden. Es sah aus, als hätte er vor ihr einen Kniefall gemacht. Er grinste breit und nach einem kurzen Moment

8

der Irritation lächelte sie ebenfalls. Dann richtete er sich auf und reichte ihr seine Hand.

„Felia!", rief ihre Schwester entsetzt, aber die Jüngere nahm sie und er half ihr hoch. Es schüttete noch immer wild, aber der Sturm ließ ein wenig nach, es donnerte lediglich.

Für einen kurzen Moment durchfuhr Hektor ein seltsames Gefühl. Felia war wunderhübsch, aber erst ihr Lächeln ließ alles erstrahlen. Eine Woge des Übermuts erfasste ihn. Blitzschnell schnitt er auch von Felias goldenem Haar eine Locke ab. Im nächsten Moment drückte er ihr einen Kuss auf die Wange und schmunzelte über ihr verdutztes Gesicht.

Dann rannte er zu Windeseil zurück, stieg auf und stürmte im Galopp davon.

Zwietracht

Tonja war wie vom Donner gerührt. Seit Jahren hatte sie keinen anderen Menschen außer ihrem Vater und ihrer Schwester gesehen. Felia hatte ihr zwar häufig von den schmucken Boten vorgeschwärmt, doch Tonja war es schwergefallen, ihrem Gerede zu glauben. Jetzt wusste sie, dass die Schwester nicht übertrieben hatte.

Es gab jene Männer mit funkelnden Augen und einem wunderbar frechen Lächeln. Doch offenbar war dieses Exemplar genauso grausam, wie Tonja die Menschen in Erinnerung hatte.

Sie ließ sich von Felia zurück zur Hütte ziehen, wo sie dem besorgten Vater die Begegnung mit dem Boten verschwiegen. Zu zweit in ihrer gemeinsamen Kammer sprachen sie leise über ihn.

„Ich hätte ihm auch eine Locke geschenkt, wenn er danach gefragt hätte", sagte Felia. Wie immer klang sie dabei schrecklich eingebildet, aber Tonja kannte das schon. „Er hat mir zugeflüstert, ich sei so schön, wie man es von mir erzähle, und er wolle mich unbedingt wiedersehen."

Sie blickte Tonja provozierend an.

10

„Aber ich solle ohne das Scheusal kommen."

„Ich bin mir sicher, er wird schon wissen, was er von dir haben will", antwortete Tonja bissig, aber die Worte der Schwester schmerzten sie mehr, als sie sich eingestehen wollte.

Narben im Gesicht und Narben auf der Seele.

In der Ferne grollte noch immer der Gewitterdonner. Die Blitze waren erloschen.

„Wenigstens habe ich sein Interesse geweckt. Er ist ein feiner Mann. Bislang der schönste aller Boten. Aber keine Bange, auch für dich gibt es sicherlich einen Platz in der Welt. Du wirst Vaters schwarze Kutte anlegen und mit Wonne deine Axt auf die Todgeweihten niedersausen lassen. Ach, aber das geht ja nicht. Frauen dürfen kein Scharfrichter sein."

„Das stimmt nicht. Dürfen sie wohl. Klar, dass du so etwas nicht weißt. Und du wirst eines Tages erkennen, dass deine Schönheit verwelkt ist und deine ganze innere Hässlichkeit zutage tritt."

„Immerhin *war* ich dann einmal schön", antwortete Felia, doch ihr Tonfall verriet, dass Tonja sie wenigstens ein bisschen beleidigt hatte.

„Du wirst nicht damit umgehen können, dass dir nicht mehr alles zufliegt", setzte Tonja nach. „Du kannst nichts. Und musstest dir niemals Mühe geben."

„Und was kannst du Tolles? Außer dich verstecken?"

Darauf wusste Tonja zunächst keine Antwort. Sicherlich, sie war gut in Handarbeitsdingen, nähte, stickte und webte recht ordentlich. Doch all dies beherrschte Felia auch, wenngleich sie das meiste mit weniger Leidenschaft machte und allgemein ungeduldiger war.

„Ich habe mehr Geduld und Leidenschaft als du", sagte Tonja.

11

„Pah, Leidenschaft! Leidenschaft ist das, was ich in den Augen des Boten gesehen habe. Wozu soll ich meine Talente für Nichtigkeiten vergeuden?"

Ihre geflüsterte Auseinandersetzung dauerte noch einige Zeit an und ebenso lange prasselte der Regen herab, den das Land nach der Hitze so bitter nötig hatte.

 Die Wette

Viktor nahm einen Schluck aus seinem Krug und blickte den Prinzen fordernd an. Dieser grinste siegesgewiss. Nach einem angemessenen Zögern warf Hektor, der Prinz aus dem Hause von Hohenehr, die Haarlocken auf den Tisch. Viktor nickte anerkennend und konnte seinen Frust darüber, dass der Königssohn erfolgreich gewesen war, nur schlecht verbergen.

„Nun bist du an der Reihe", sagte Hektor. „Wenn du dich traust."

Einige Burschen in der Taverne, in der sie sich regelmäßig für all ihre Taten mit Bier und anderem Gebräu belohnten, lachten.

„Natürlich trau' ich mich", sagte Viktor. „Und ich werde noch weiter gehen als du. Nicht nur eine Locke wird mein sein."

„Sondern?"

Hektors Augen verengten sich misstrauisch. Er schien nicht begeistert davon zu sein, dass Viktor ihn übertrumpfen wollte.

„Einen Kuss werde ich mir holen. Von beiden."

13

Wieder erfolgte Gelächter. Dieses Mal ein wenig lauter als vorher und mit einer Portion Spott gewürzt.

„Dann wird jemand mit dir gehen müssen, um zu prüfen, ob du diese auch wirklich erhältst", rief einer aus der Gefolgschaft.

„Da hast du recht, Gunter. Und da du das schon so klug bemerkt hast, wirst du dieser Begleiter sein. Aber halte dich ja versteckt. Die Axt des Henkers ist immer geschärft", rief Prinz Hektor lachend. An Viktor gewandt sagte er: „Wenn dir das gelingt, will ich die Blüte der Schönen pflücken."

„Vielleicht werde ich das schon vor dir tun." Viktor meinte es nicht ernst, aber das selbstgefällige Grinsen des Prinzen konnte er nicht leiden. „Immerhin scheint sie ja recht ansprechend zu sein."

„Spricht da der Bärenmann aus dir?", fragte der Prinz, um Viktor zu provozieren.

„Tiefensee liegt zwar am Rande der Sümpfe, aber ich bin keiner dieser Rebellen!", widersprach Viktor vehement. Er wollte keinesfalls Gefahr laufen, in eine Diskussion über die Sumpfbewohner verwickelt zu werden, deren Gebiete der König vor einigen Jahren erobert hatte. Viktors Vater, der Graf von Tiefensee, hatte sich oft kritisch über das unbarmherzige Vorgehen des Monarchen geäußert, doch nur innerhalb der Familie, da niemand sonst wissen durfte, wie der Graf wirklich darüber dachte.

„Du wirst nicht einmal einen Kuss erhalten", erwiderte Prinz Hektor und führte damit glücklicherweise das Thema zurück auf das für ihn derzeit Wesentliche. „Ich hingegen habe der Schönen bereits einen auf die Wange gedrückt."

Prahlhans, dachte Viktor. Je länger er am Hof verweilte, umso unsympathischer wurde ihm der Prinz. Doch er hatte dem Vater versprochen, sich für das Wohl der Grafschaft bei dem Prinzen einzuschmeicheln. Viktor war der jüngere von zwei Söhnen. Als solcher war es seine Pflicht, ein soli-

14

des Verhältnis zum derzeitigen und zukünftigen König zu pflegen und jede Gefahr für die Grafschaft Tiefensee am Rand der Sümpfe frühzeitig zu erkennen. Insbesondere, da dort im Osten immer wieder Kämpfe mit rebellierenden Bärenmännern aufflammten, die sich dem König nicht unterwerfen wollten.

Zu Anfang war Viktor vom Prinzen angetan gewesen. Hektor war ihm als beredt, gebildet und ausgezeichneter Jäger erschienen. Mittlerweile dachte Viktor, dass die Worte *redselig* und *eingebildet* den Prinzen besser beschrieben. Zudem schien er alles zu jagen, was ein Fell oder einen Rock trug.

Leider war Viktor selbst neugierig auf die mysteriösen Töchter dieses grauenhaften Henkers und er konnte nicht leugnen, dass es ihn reizte, den Prinzen zu überbieten.

„Wir werden sehen", sagte er grimmig. „Reich mir die neue Liste der Todgeweihten. Morgen reite ich in den Wald."

Und die Männer stießen an, auf dass die Mutprobe besiegelt werde.

15

Der zweite Bote

„Stehen viele Hexen auf deiner Liste, Vater?", fragte Felia.

Tonja zuckte zusammen, als sie den harten Gesichtsausdruck des Vaters sah, mit dem er die jüngere Schwester bedachte.

„Du solltest nicht nach solchen Dingen fragen", antwortete er schroff.

„Aber warum denn nicht?"

„Felia!", herrschte Tonja sie an. „Es geht uns nichts an."

„Spiel dich nicht auf, als seist du unsere Mutter", murmelte Felia beleidigt, aber fragte dann nicht weiter. Stattdessen seufzte sie gelangweilt und warf die Stickerei, an der sie seit Wochen arbeitete, in einen Korb.

Edmund Wetter legte plötzlich den Kopf schief.

„Seltsam", brummte er, „ein weiterer Bote."

Die Frauen erhoben sich. Tonja griff gleich nach ihrem Schultertuch, während Felia ihre Erscheinung in einem kleinen Spiegel überprüfte. Dann schob sie ihren Stuhl an das Fenster. Edmund Wetter nahm dies missbilligend zur Kenntnis, sagte aber nichts weiter dazu. Augenscheinlich

16

würde er dieses Mal dulden, dass Felia trotz der dummen Fragerei blieb.

„Du billiges Ding!", zischte Tonja wütend ihrer Schwester zu. Diese grinste bloß und zuckte mit den Schultern.

Tonja verließ traurig die Hütte. Wenn nochmals ein Bote erschien, war es gewiss derselbe wie am Vortag und in diesem Fall kam er mit Sicherheit wegen Felia. Sie ballte die Fäuste und bemühte sich, die aufsteigenden Tränen zu unterdrücken.

Immer bekam Felia, was sie wollte. In der Stadt hatte sie sich stets aussuchen können, was sie mochte: Kleider, Schmuck, Blumen. Tonja hingegen musste nehmen, was der Vater ihr mitbrachte. Zugegeben, er gab sich große Mühe und bedachte sie immer, wenn auch Felia etwas erhielt. Doch die Schwester hatte selbst auswählen dürfen. Zumindest war es bis zur Felias vierzehnten Lebensjahr so gewesen. Seither durfte die jüngere Schwester gleichfalls nicht mehr in die Stadt und der Vater suchte für beide Töchter eine Kleinigkeit aus, wenn er in Ehrenberg weilte.

Tonja beschloss, diesmal so weit am Bächlein entlang zu gehen, bis sie dessen Quelle finden würde, als ihr unvermittelt abermals jemand in den Weg sprang. Vor lauter Schreck stolperte sie rückwärts und stürzte.

Am Gewand erkannte sie den Boten des Königs, doch es handelte sich nicht um denselben Mann wie am Vortag. Dieser hier hatte rotbraunes, leicht gelocktes Haar, war ein wenig kräftiger als sein Vorgänger und blickte sie mit haselnussbraunen Augen ernst an. Er verbeugte sich und hielt ihr die Hand hin, um ihr beim Aufstehen behilflich zu sein, doch sie krabbelte von ihm weg und raffte sich von allein auf.

„Mein Name ist Viktor von Tiefensee", stellte der Fremde sich vor. „Ich wurde vom König gesandt, dem

Scharfrichter eine weitere Liste zu bringen. Bin ich auf dem richtigen Weg?"

Er sprach völlig normal mit ihr. Als wäre sie irgendjemand, dem er eben begegnet war. Als gäbe es nichts, was sie zu einer Ausgestoßenen machte. Als sähe sie völlig durchschnittlich aus.

„Ist das der Weg zur Hütte des Henkers, der im Dienst des Königs steht?" Er trat einige Schritte auf sie zu und sie wich zurück.

Konnte es wahr sein? Er zeigte keine Abscheu, keine ungewöhnliche Neugier. Sie suchte in seinen Augen nach der üblichen Reaktion auf ihr Äußeres, die zumeist irgendwo zwischen Mitleid und Spott lag, doch da war nichts. Sein Blick schien neutral.

„Wie heißt du?", fragte er. „Bist du eine seiner Töchter?"

Sie wich noch etwas weiter zurück. Schließlich nickte sie anstelle einer Antwort und deutete zögerlich in Richtung ihrer Behausung. Er neigte den Kopf und lächelte verhalten.

„Ich danke dir."

Dann ging er weiter und sie sah ihm nach. Offensichtlich war er ohne Pferd unterwegs. Er blieb stehen und drehte sich zu ihr um.

„Wirst du noch da sein, wenn ich auf dem Rückweg hier vorbeikomme?"

Wieso will er das wissen?, dachte Tonja. Was soll diese Frage? Was will er denn von mir? Sie blickte hinter sich, aber außer ihr war ja niemand da. Demnach konnte er nur sie meinen.

Wieder nickte sie stumm und ärgerte sich sogleich über sich. Wieso war sie nicht in der Lage gewesen, ihm eine anständige Antwort zu geben, noch dazu bei einer so simplen Frage? Wieso hatte sie nicht einfach Nein gesagt?

18

Er ging einige Schritte rückwärts und ließ sie dabei nicht aus den Augen. Dabei lächelte er ihr nochmals zu und erst als er über eine Wurzel stolperte, wandte er sich ab und folgte weiter dem Pfad zur Hütte des Henkers.

Sein Lächeln brannte sich in ihre Gedanken ein.

Gewagtes Manöver

Felia starrte durch die Gardine in die Ferne, während der Vater vor der Tür mit einem Schleifstein die Klinge des Richtbeils schärfte. Das tat er immer, wenn ein Bote kam, weil dieser schon allein deshalb respektvoll Abstand hielt. Wenn das nicht reichte und der Blick des jungen Mannes trotzdem suchend zum Fenster wanderte, erhob sich der Vater und ließ das Beil durch die Luft schwingen, wobei ein feines Geräusch entstand.

Felia war sich ganz sicher, dass der Bursche mit den blonden Locken zurückkäme, um sie wiederzusehen. Vielleicht wagte er es gar, dem Vater trotz des Beils die Stirn zu bieten und nach ihr zu fragen.

Von allen Boten war der gestrige der hübscheste gewesen – und zudem der frechste. Schließlich hatte er ihnen ja aufgelauert und zwei Haarsträhnen erbeutet.

In der Nacht hatte sie davon geträumt, wie er anstelle einer Locke ihre Hand genommen, sie auf das Pferd gezogen hatte und dann mit ihr davongaloppiert war. Leider hatte sich ein Schatten an den Schweif des Pferdes geheftet und dann hatten schwere Donnerschläge die Luft erschüttert.

Felia wusste, dieser Schatten konnte nur ihre Schwester gewesen sein, der wie ein übler Hauch über allem lag. Ständig mahnte sie der Vater: „Sei lieb zu Tonja! Tonja ist ja so eine talentierte Werkerin und so einfallsreich." Tonja, Tonja, Tonja …! Sie konnte es nicht mehr hören.

Sie wollte nur weg. Felia verabscheute diese Hütte. Und vor allem hasste sie es, dass ihr Vater jeden Mann verschreckte, der sich der Behausung und ihr näherte. Zahlreiche Kuriere hatten intensive Blicke durch das Fenster gesandt und ihr so signalisiert: „Komm doch heraus!", aber sie hatte sich letztlich nicht getraut, weswegen sie auch wütend auf sich selbst war.

Heute würde sie es wagen. Wenn derselbe Bote wie gestern erschiene, würde sie vor die Tür treten und sich den strengen Anweisungen des Vaters widersetzen.

Plötzlich trat aus unerwarteter Richtung abseits des Weges ein junger Mann heran. Selbst Edmund Wetter schien überrascht und erhob sich, wobei er die geschärfte Axt hin und her schwingen ließ.

Felia sprang auf, aber welch eine Enttäuschung! Es war nicht derselbe Bote. Dieser hier hatte braunes Haar und nicht blondgelocktes. Er war durchaus ebenfalls schmuck anzusehen, aber dennoch; Felias Hoffnung zerplatzte.

„Hochverehrter Edmund Wetter, ich bringe Euch eine weitere Liste mit den Namen Todgeweihter, die bald hingerichtet werden sollen", sagte der Fremde und überreichte dem Vater eine Rolle. „Außerdem würde ich gerne Eure Töchter kennenlernen", fügte er unumwunden hinzu.

Felias glaubte, sich verhört zu haben. Dieser Bote fand den Mut, ihren Vater unverblümt um die Bekanntschaft mit seinen Töchtern zu bitten? Sie musterte ihn. Er war recht ansprechend, wenngleich nicht ganz so wie der junge Mann vom Vortag. Eine verrückte Hoffnung erwuchs in ihr. Vielleicht hatte dieser hier eine Nachricht von dem anderen für sie?

Abrupt lief sie zur Tür und riss sie auf. Sofort fuhr der Vater erbost herum.

„Ins Haus mit dir!", rief er und richtete sich zur vollen Körpergröße auf, die stattliche ein Meter neunzig maß. Zugleich ließ er seine imposanten Muskeln spielen, die von der Benutzung der Axt gut in Schuss waren. Doch Felia war flink und lief an ihrem Vater vorbei.

„Kommt!", rief sie dem Boten zu und riss ihn am Arm in die Richtung des Waldes.

„Bleibst du wohl hier!", brüllte der Vater und setzte den jungen Leuten nach. Doch Felia kannte jeden Winkel des Waldes und sie war schnell. Sie zog den überraschten Boten durch viele verwinkelte Wege und sprang über Stock und Stein und umgefallene Baumstämme. Als ihr allmählich das Herz in der Brust zu zerbersten drohte, riss sie ihn am Arm in eine Felsnische. Sie war ein geheimes Versteck aus Kindertagen, das der Vater so schnell nicht finden würde, weil es durch Gestrüpp verborgen und im Vorbeirennen kaum zu erkennen war.

In der Felsenspalte verharrten die beiden, schwer nach Luft ringend. Während die laute, zornige Stimme von Edmund Wetter mal näher, mal ferner durch den Wald hallte, beruhigte sich ihre Atmung.

„Hast du eine Botschaft für mich?", fragte Felia den Boten hoffnungsvoll.

Der wirkte erstaunt und schien wenig begeistert über ihr Verhalten.

„Was hättest du denn gerne für eine?"

„Na, eine von dem Boten, der gestern hier war. Hat er dir keine für mich mitgegeben?"

„Du meinst von Pr ... ähm, von Hektor?"

„Ist das sein Name? Hektor?", erwiderte sie verträumt.

„Der meinige lautet im übrigen Viktor und wie heißt du?"

„Willst du mir weismachen, du kennst meinen Namen nicht?"

Viktor schüttelte den Kopf. Dann grinste er schelmisch.

„Aber ich habe eine Nachricht für die schöne Tochter des Henkers, wenn sie mir ihren Namen verrät", sagte er. Seine Stimme klang verführerisch.

Felia mochte ihn, aber er war dennoch nicht so beeindruckend wie der Bote des Vortages.

„Ich heiße Felia", antwortete sie.

Wie ein erbostes Echo hörte sie in der Ferne den Vater ihren Namen rufen. Lange konnte sie ihn nicht mehr warten lassen. Er klang ungeheuer wütend und es war so gut wie sicher, dass sie schwer bestraft würde.

„Ich sage dir, was Hektor dir ausrichten lässt, wenn du mir einen Kuss gibst." Bevor Felia protestieren konnte, denn sie hatte ja seine Bedingung erfüllt und ihm ihren Namen verraten, beugte sich Viktor blitzschnell vor und drückte ihr einen Kuss auf den Mund. Sie gab nach und ein warmes Gefühl durchfuhr sie. Doch dann ließ er sie los, ein wenig zu schnell, wie sie fand, und verließ die Nische.

„Warte!", rief sie. „Wie lautet die Nachricht?"

„Es gibt keine!", antwortete Viktor und lachte frech. Dann rannte er davon und verschwand zwischen den Bäumen. Irgendwo hörte sie die Stimme des Vaters, die nun einen leicht verzweifelten Klang angenommen hatte.

Felia war fuchsteufelswild – aber irgendwie auch wieder nicht.

7.

Des Wassers Lauf

Tonja saß am Ufer des Baches, genau an der Stelle, wo ihr Viktor zuvor begegnet war. Sie hätte nicht begründen können, wieso, aber sie fühlte sich wie verzaubert. Als hätte er sie mit den Worten „Wirst du noch da sein,…?" mit Magie an diesen Ort gebunden.

Doch es waren nicht die Worte allein. Auch der Klang seiner Stimme hatte einnehmend geklungen und auf Tonja ehrlich und hoffnungsvoll gewirkt. Nachdem die Frage ausgesprochen worden war, hatte es in ihren Ohren gerauscht. Sie hatte auf die Baumstämme gestarrt, zwischen denen er verschwunden war, und immer wieder in ihrem Kopf die Frage wiederholt: „Werde ich noch da sein, wenn er zurückkommt?"

Inzwischen stand die Sonne hoch über den Wipfeln, die ein leuchtendes Dach bildeten wie eine grüne Kathedrale. Eine Zeit lang hatte sie den Bachlauf beobachtet und geglaubt, nochmals das gerettete Fischchen vom Vortag gesehen zu haben. Aber da es hier viele Fische gab, war es sicherlich nicht dasselbe.

24

Durch den Regen in der Nacht war der Bachlauf angeschwollen und es gab kaum noch Steine, auf denen ein Fischchen stranden würde.

Die Stimme ihres Vaters schallte in der Ferne durch den Wald. Er rief zornig nach Felia. Es freute Tonja, dass sie ihm wieder Ärger bereitete. Sollte sie nachschauen, was sich ereignet hatte? Aber nein, sie würde es früh genug erfahren.

„Du hast ja tatsächlich gewartet!"

Erschrocken sah sie auf. Wie unaufmerksam von ihr! Sonst gelang es nie jemandem, ihr unbemerkt so nah zu kommen. Wie hatte er sich anschleichen können? Nervös erhob sie sich von ihrem Platz.

Während ihrer Wartezeit hatte sie sich fest vorgenommen, diesen Viktor zu fragen, weshalb sie hatte warten sollen.

„Was willst du von mir?", platzte es aus ihr heraus.

„Ich will einen Kuss", sagte er unverblümt.

Völlig verblüfft vergaß Tonja alles Weitere, was sie ihn hatte fragen wollen, denn um nichts in der Welt wäre sie darauf gekommen, dass jemand so etwas von ihr verlangen könnte. Machten Männer das so? Gingen sie umher und forderten Küsse von fremden Frauen? Sollte es ihr schmeicheln? Sie errötete. Was dachte er von ihr? Und dann fiel ihr wieder ein, wie sie aussah, und sie senkte den Blick.

Er trat näher heran. Nur zögerlich wich sie zurück.

Dieser Bote gefiel ihr besser als jener vom Vortag, aber sie hätte beim besten Willen nicht sagen können, warum.

Ihre fehlende Reaktion auf sein Ansinnen nutzte er aus und riss sie an sich. Dann drückte er seine Lippen auf die ihren.

Das war ein Schock. Alles an der Situation fühlte sich für sie seltsam und verwirrend an. Tonja stieß ihn sofort von sich und schlug ihm mit aller Wucht ins Gesicht.

Seine Überraschung war echt. Er hielt sich die Wange und torkelte belustigt einige Schritte zurück.

„Interessant", sagte er bloß und lachte. „Guter Schlag, Henkerstochter!"

Dann wandte er sich ab und rannte davon.

Tonja starrte ihm nach, bis er aus ihrem Sichtfeld verschwunden war. Eine Zeit lang blieb sie noch an Ort und Stelle stehen und mühte sich, die innere Aufruhr in den Griff zu bekommen. Auf den Weg zurück zur Hütte wusste sie immer noch nicht, was sie fühlte.

Weinend trat sie in die Stube.

Dort fand sie Felia, ebenfalls in Tränen aufgelöst.

„Wo ist Vater?", fragte Tonja.

„Ich weiß es nicht", schluchzte die jüngere Schwester.

„Was ist denn geschehen?"

„Der Bote, der heute da war ..." Felia bekam die Worte kaum heraus. „Na ja, ich dachte, er hat eine Nachricht von dem anderen, dem von gestern. Da bin ich hinaus und mit ihm in den Wald gelaufen. Vater war außer sich vor Zorn. Ehrlich, so habe ich ihn noch nie erlebt! Jetzt darf ich überhaupt nicht mehr in die Stadt, sagt er. Nie mehr!"

Sie heulte laut auf, aber Tonja hatte kein Mitleid. Im Gegenteil. Felia hatte es verdient.

„Warum machst du auch so etwas?"

Felia wurde wütend.

„Weil ich hier raus will. Raus aus diesem Gefängnis!"

In der Ferne zogen Wolken auf und ein Blitz zuckte über den Himmel.

„Und was ziehst du überhaupt für ein Gesicht, du Missgeburt?"

Tonja ballte die Fäuste.

„Das geht dich gar nichts an!", fauchte sie. „Du hast die Strafe, die Vater dir auferlegt hat, verdient."

26

Damit verließ sie die Wohnstube und zog sich in das Schlafzimmer zurück. Ein kurzes Donnergrollen begleitete sie.

In der Nacht konnte Tonja nicht schlafen. Immer wieder tauchte der Moment vor ihren Augen auf, in dem Viktor sie an sich gerissen und geküsst hatte.

Sie durchforstete ihre Erinnerungen, ob er in irgendeiner Form von ihrem Aussehen schockiert gewesen war, als er sie gesehen hatte, doch da war nichts gewesen. Keine Irritation über ihr Äußeres. Als ob die Narben in ihrem Gesicht und das hängende Auge nicht existierten.

Sie richtete sich auf und beschloss, einen Spaziergang zu machen, da sie voller Unruhe war, und zog sich leise an, um Felia nicht zu wecken.

„Wo willst du hin?", fragte diese prompt. Offenbar war Tonja nicht leise genug gewesen. Sie antwortete ihr dennoch nicht, was sich als Fehler herausstellte, denn daraufhin folgte ihr die Schwester hinaus aus der Hütte.

Eine Weile liefen sie schweigend durch den dunklen Wald.

„Geh zurück!", herrschte Tonja die Jüngere an.

„Ich will aber nicht."

„Ich bin die Ältere und du tust, was ich sage!"

„Das werde ich nicht. Nur, wenn du mir verrätst, was mit dir los ist."

Tonja stapfte weiter, aber Felia ließ nicht locker. Sie schien wieder von Bosheit befallen zu sein, denn ihr Blick wurde störrisch und hochmütig.

„Weißt du eigentlich, dass der Bote von heute ebenfalls um mich geworben hat?"

„Halt den Mund!", antwortete Tonja, denn sie wusste genau, was nun geschehen würde: Felia würde ihrer ganzen schönen Verwirrtheit den Todesstoß verleihen. Sie zerstörte immer alles. Selbst wenn sie es nicht einmal wollte.

„Er forderte einen Kuss von mir", gluckste die Jüngere triumphierend.

Tonja blieb stehen und Felia rannte in sie hinein.

„Nun denn, Schönheitskönigin: Er verlangte gleichfalls einen Kuss von mir", schnaubte Tonja gehässig. Sie wollte triumphierend klingen, aber es gelang ihr nicht, denn offensichtlich hatte der Bursche sie beide zum Narren gehalten.

„Du lügst. Wer sollte schon von dir einen Kuss wollen?"

Das traf Tonja ein weiteres Mal, und weitaus heftiger. Warum nur war sie nicht gefeit gegen die gehässigen Äußerungen ihrer Schwester?

Sie wünschte sich, allein zu sein.

„Nein, du blöde Kuh! Ich lüge nicht", fuhr sie Felia an. In der Ferne ertönte ein Donnergrollen. Sollte es denn schon wieder gewittern?

„Dieser Viktor …", sprach Tonja weiter, „… so hat er sich *mir* jedenfalls vorgestellt, dieser Viktor und der Bote vom Tag zuvor haben ein Spiel mit uns gespielt. Ein gemeines Spiel. Vielleicht war es eine Mutprobe. Oder sie haben eine Wette abgeschlossen, wie sie an unserem gefürchteten Vater vorbeikommen und unser ansichtig werden."

„Du glaubst, das alles …"

Tonja, der die wahre Bedeutung ihrer eigenen Worte soeben erst klar wurde, war noch nicht fertig und unterbrach die jüngere Schwester. „Das ist ganz offensichtlich! Der Erste brachte eine Haarlocke als Beweis und der Zweite strebte danach, ihn zu übertrumpfen. Sicher war er nicht allein. Jemand muss die unglaubliche Heldentat ja bezeugen."

Diese Äußerung brachte Felia zum Schweigen. Zweifel und Unglauben spiegelten sich in ihrem Gesicht. Endlich einmal war Tonja nicht die Einzige, die verletzt worden war. Allerdings würde die Jüngere wieder ihr die Schuld an dieser Situation geben. Ohne die hässliche Schwester wäre ja schließlich keine Mutprobe nötig – furchterregender Vater hin oder her.

Nach diesen Worten folgte die Jüngere ihr nicht weiter, und recht bald geriet sie in der Dunkelheit außer Sichtweite. Tonja war endlich allein.

Der Weg ging nun leicht aufwärts und nachdem sie eine geraume Zeit gelaufen war, fand sie die Stelle, an der der Bach aus dem Berg sprudelte. Dort setzte Tonja sich hin und tat sich selbst leid. Sie weinte darüber, dass es ihr nicht gelang, den Neid auf Felias Schönheit abzustellen. Und sie trauerte, weil sie ja wirklich an allem schuld war. Ihretwegen war der Vater besorgt. Ihretwegen hielten die Menschen es für eine Mutprobe, in den Wald zu gehen, und sie war ebenso schuld daran, dass die jüngere Schwester sich einge-sperrt fühlte.

Plötzlich spürte sie einen Luftzug und blickte auf.

Nah bei ihr schwebte eine ätherische Gestalt in der Luft, deren Gewand aus vielen Schlieren bestand, die sich aus umherfließenden Wasserperlen bildeten.

„Hab keine Angst, denn ich will dir kein Leid", sagte das Wesen mit einer hellen, sanften Stimme. „Ich bin Camena, die Nymphe, die diese Quelle bewacht. Du hast mir das Leben gerettet und ich bin dir erschienen, um meine Dank-barkeit auszudrücken."

Ernstes Spiel

Viktor trat zusammen mit seinem Begleiter Gunter, der im Hintergrund ein braver, unsichtbarer Zeuge der Heldentaten gewesen war, vor den Prinzen.

„Nun denn", bemerkte Hektor und seine Unzufriedenheit war ihm dabei anzusehen, „du hast mich geschlagen. Vorerst."

„Wie Gunter bezeugen kann", bekräftigte Viktor und stutzte dann. „Was meinst du mit vorerst?"

„Ich sagte doch, ich werde die Blüte der schönen Tochter pflücken. Sie ist wahrlich reif dafür."

„So willst du sie heiraten?"

„Die Tochter eines Henkers?" Der Prinz lachte. „Das wäre nicht standesgemäß."

Viktor missfiel das. Er selbst war der Sohn einer Frau niederen Standes, die durch die Hochzeit mit einem ehrenvollen Mann – seinem Vater – in den Adel gehoben worden war.

„Jetzt blick nicht so unzufrieden drein, Viktor", rief Hektor. „Lass uns auf die Töchter des Henkers anstoßen und hoffen, dass unsere Hälse niemals die Bekanntschaft mit seinem scharfen Beil machen werden." Die Augen des

Prinzen blitzten und Viktors Abneigung gegen Hektor nahm weiter zu.

„Ich trinke erst mit dir, wenn du mir versprichst, die Töchter nicht weiter zu belästigen. Bislang war es ein Schabernack, durch den kein größerer Schaden entstanden ist. Doch weiter sollte ein Mann von Ehre nicht gehen."

In der Taverne, in der sich der Prinz mit seiner Gefolgschaft befand, wurde es still.

„Viktor von Tiefensee, Ritter der unschuldigen Fräulein?", spottete Hektor.

„Dein Name lautet ,von Hohenehr'. Willst du ihn Lügen strafen?", fragte Viktor. „Versprich, dass du dich im Weiteren den Töchtern gegenüber untadelig verhalten wirst."

Viktor verlor zunehmend seine Achtung vor dem Prinzen, was nicht ungefährlich war. Er durfte sich keinesfalls dazu hinreißen lassen, allzu rigoros zu widersprechen. Wie der König von Weossuno zögerte auch sein Sohn nicht, Kontrahenten, die in seinen Augen unangenehm wurden und sein unberechenbares Wesen infrage stellten, aus seinem Einflussbereich zu entfernen. Viktor wusste, dass sein Vater, der Graf von Tiefensee, von ihm verlangen würde nachzugeben und den Prinzen nach seinem Gusto gewähren zu lassen. Genau das aber bereitete ihm großes Unbehagen.

„Nein", erwiderte Hektor.

Nun hätte man eine Nadel im Raum fallen hören können. Der Prinz grinste.

„Wenn ich's so überdenke … Vielleicht hast du recht", lenkte er überraschend ein.

Viktor entspannte sich. Für einen kurzen Moment hatte er sich in eine äußerst unangenehme Situation manövriert. Und dennoch, er wollte nicht, dass die jungen Frauen Schaden nahmen. Sie waren unschuldig.

„Ich sollte sie heiraten", setzte Hektor hinzu. „Aber nur dann, wenn du der Hässlichen den Hof machst."

Jetzt gab es verhaltenes höhnisches Gelächter.

„Was ist, Moralapostel? Ist dir der Preis zu hoch?"

Viktor konnte sich hier und jetzt geschlagen geben, was eindeutig das Klügste gewesen wäre. Niemand würde ihm einen Vorwurf machen. Die Folge wäre jedoch, dass der Prinz die jüngere Tochter des Henkers möglicherweise zusammen mit ihrer Familie ins Unglück stürzen würde. Es war nicht so, dass es ihn schreckte, um die ältere Tochter zu freien, die weit weniger grässlich anzusehen war, als immer behauptet wurde, doch er war ein Freigeist. Wenn er auch am Hofe buckeln musste, so unterlag er ansonsten keinerlei Zwängen. Wieso sollte er der Tochter des Henkers einen Antrag machen, wenn er weiterhin auf Freiersfüßen wandeln wollte? Dies würde ihn moralisch genauso fragwürdig dastehen lassen wie den Prinzen.

Hektor wandte sich ab. „Dachte ich's mir doch."

„Warte." Viktor atmete tief durch. „Ich mach's."

Ein ungläubiges Lachen hallte durch den Raum.

„Ich werbe um sie. Dafür führst du die andere auf den Maiball."

Er hielt Hektor die Hand hin. Der Prinz blickte missmutig drein. Offenbar hatte er darauf gehofft, dass Viktor nachgäbe.

„Du halst dir ein hässliches Weibsbild auf, nur um die Ehre eines anderen zu retten?", fragte er ungläubig.

Viktor erwiderte nichts. Warum hatte er bloß eingewilligt? Vermutlich, weil ihm die junge Frau leidtat.

Aber welche von beiden?

32

9.

Der Wunsch

„Was sagst du da?", fragte Tonja. „Wie soll ich dir das Leben gerettet haben?"

„Ich war der kleine Fisch, der durch die Dürre fast gestorben wäre. Du setztest mich zurück in das Wasser und sorgtest für den Regen."

Tonja staunte. So was. Sie hatte den Vorfall schon vergessen gehabt.

„Aber wieso hast du dich nicht in diese Gestalt verwandelt, als du dachtest, du würdest sterben? Und wie soll ich für Regen gesorgt haben? Das wäre ja Zauberei!"

Die Nymphe schwebte näher zu ihr heran.

„Ich kann mich so fern vom Quellenursprung nicht zurückverwandeln. Dadurch, dass du mich in das fließende Gewässer zurückgesetzt hast, konnte ich überleben, bis der Bach durch den Regen wieder angeschwollen war. Du und deine Schwester, ihr seid Gewitterhexen, so wie eure Mutter und ihre Schwester es gewesen sind. Wenn ihr euch streitet, erschafft ihr Regen."

Tonja war verblüfft. Was sollten sie sein? Gewitterhexen?

33

„Niemals!", rief sie aus. Hexen kamen aus dem Westen und sie wurden fast immer hingerichtet.

„Und doch ist es so", erwiderte die Nymphe Camena.

„Warum hat uns der Vater das nie gesagt?", fragte Tonja aufgewühlt.

„Es mag sein, dass er davon keine Kenntnis hat. Gewiss nahm eure Mutter das Geheimnis mit ins Grab, denn es ist gefährlich, in Weossuno als Hexe bezeichnet zu werden. Der König kennt keine Gnade für eine solche. Eure Mutter liebte euren Vater, doch zugleich war sie froh über den Schutz, den sie durch ihn und sein Amt erhielt. Gleichermaßen wusste sie, dass ihre Kinder bei ihm immer sicher sein würden. Doch genau kann ich es dir nicht sagen. Ich weiß nur wenig. Bislang sorgten eure geschwisterlichen Reibereien dafür, dass immer ausreichend Regen fiel."

Tonja fühlte sich wie eine leere Tafel, die darauf wartete, mit Kreide beschrieben zu werden. Ihr Innerstes war erschüttert und sie wusste nicht, was sie über all das denken sollte.

„Und was bedeutet das jetzt?"

„Zum einen heißt das, dass ihr beiden Schwestern niemals lange voneinander getrennt sein dürft, weil es dann in diesem Landstrich um die Stadt Ehrenberg und dem Wald Goldrin eine Trockenheit gäbe. Es sei denn, ein anderes Gewitterhexengeschwisterpaar aus den Hochebenen des Westens zöge in diese Region und nähme euch die Arbeit ab. Oder aber eine von euch bringt zwei Mädchen zur Welt und die Kraft geht auf diese über. Da ihr euch zuletzt lange nicht ernsthaft gestritten hattet, kam es bereits zu einer Trockenperiode. Zum anderen bedeutet mein Erscheinen, dass du als Zeichen der Dankbarkeit für meine Lebensrettung einen Wunsch frei hast."

Camena gelang es, auf eine Frage viele Antworten zu geben, die zahlreiche weitere Fragen aufwarfen. Tonja fühlte sich verwirrter als zuvor.

Sie musste für immer in der Nähe ihrer Schwester bleiben? Stets Felias vollkommenes Antlitz sehen, während sie selbst sich ungewollt und ungeliebt fühlte? Nur damit es in der Mitte von Weossuno Regen gab?

Schon meldete sich der erste spontane Wunsch in ihr, im Grunde hatte sie gleich eine Vielzahl von Begehren.

„Ich wünschte, wir wären keine Gewitterhexen", entfuhr es ihr. „Ich wünschte, wir lebten so weit weg voneinander, wie es nur geht. Und ich wünschte, meine Schwester wüsste, was es bedeutet, ich zu sein. Und ich wüsste zu gerne, wie es wohl ist, so zu sein wie sie."

„Das sind fünf Wünsche", sagte Camena. „Ich kann dir nur einen gewähren. Es liegt im Übrigen jenseits meiner Macht zu ändern, dass ihr beiden Gewitterhexen seid. Erst wenn eine von euch Töchter bekommt, so wird eure Gabe an sie weitergegeben."

„Kinder!", schnaubte Tonja. „Felia wird einen ganzen Stall bekommen. So wie sie immer alles bekommt. Sie kann gehen, wohin sie will. Die Menschen haben glänzende Augen, sobald sie sie sehen. *Die Schöne! So ein bezauberndes Wesen!* Und ich? Wo werde ich bleiben? Im Hinterzimmer? Im Angesicht ihrer Vollkommenheit, die schmerzt wie ein Dorn in meiner Seele? Nur, damit ich in ihrer Nähe bin?"

Die Nymphe blickte sie traurig an.

„Es gibt viele Arten von Schönheit und Vollkommenheit. Äußere Schönheit ist wahrlich nicht der einzige Wert, der zählt."

„So? Was wäre denn da noch?"

„Mitgefühl, Weisheit, Ehrlichkeit, Mut ... Und alles zusammen ergibt deine Persönlichkeit. Deine Schönheit besteht aus vielen Farben."

35

„Pah!" Tonja wollte nichts davon gelten lassen. Mehrere Male setzte sie an, einen klaren Wunsch zu formulieren, und brach ab. Was wünschte sie sich im Grunde ihres Herzens? Sie wollte die Welt aus den Augen ihrer Schwester sehen und wissen, wie es sich anfühlte, so begehrt zu sein. Und sie wünschte sich, Felia würde einmal erleben, wie es war, so zu sein wie sie: ein Schattenwesen.

Als sie Camena ihren Wunsch mitteilte, blickte die Nymphe sie ernst an.

„Ist das dein innigster Wunsch?"

„Ja!", bekräftigte Tonja.

„Du möchtest deine Schwester sein und sie soll du werden?", fragte Camena nochmals.

„Ja", wiederholte Tonja unwirsch. War Camena denn schwer von Begriff?

Die Nymphe zögerte.

„Was ist denn?"

„Möchtest du deinen Wunsch nicht noch einmal überdenken?"

„Nein. Ich wünsche mir, meine Schwester zu sein und sie soll ich werden."

Camena nickte bedächtig.

„Das sind zwei Wünsche", sagte sie. Nach einer Weile fügte sie hinzu: „Doch da sie miteinander verwoben sind wie eure Hexenkräfte, will ich es als einen gelten lassen."

Urplötzlich durchfuhren Tonja Zweifel. War ihr Wunsch etwa doch ein Fehler?

Die Nymphe begann sich im Kreis zu drehen, und das Wasser, aus dem sie bestand, wirbelte umher. Ein wilder Tropfentanz begann. Schneller und schneller drehte sich Camena und schien dabei immer weiter zu wachsen.

Tonja bereute bereits, was sie sich gewünscht hatte, und wich vor dem trichterförmigen Wasserturm zurück. In ihrem Rücken jedoch war moosbewachsenes Gestein, das

36

einen weiteren Rückzug verhinderte. Der Trichter wanderte vom Bachbett auf sie zu und wirbelte alsbald so nah vor ihr, dass ihre Haare und Kleider mitgerissen wurden.

Eine Stimme ertönte aus dem Wasserrauschen, die zwar der von Camena ähnlich war, zugleich aber klang wie das heftige Donnern eines monumentalen Wasserfalls.

„Tonja, Tochter des Scharfrichters Edmund Wetter, hiermit gewährt dir die Nymphe Camena, Wächterin des Baches im Walde Goldrin in der Mitte des Landes von Weossuno, folgenden Wunsch: Dein Geist wird in den Körper deiner Schwester gesenkt und so wird es auch umgekehrt geschehen. Dies ist dein Wille und dein Begehr. Doch ich bin eine alte Nymphe, die dein Leid erkannt hat und dir einen Ausweg aus dieser Sehnsucht bietet. In dem Moment, wo echte Liebe dein wahres Ich erfüllt, wird sich alles ins Gegenteil kehren. Nicht früher und nicht später."

Der Wasserturm stürzte über ihr zusammen und versetzte ihr einen derart gewaltigen Schlag, dass Tonja ohnmächtig zusammensackte.

Böses Erwachen

Felia träumte wild. Sie ritt auf einem Pferd durch einen abgebrannten Wald. Jemand verfolgte sie. In der Ferne hörte sie die Stimme ihres Vaters. Links und rechts von ihr schlugen Blitze ein, zerteilten die Baumstämme wie eine mächtige göttliche Axt. Das Pferd scheute und sie fiel hinab. Hart landete sie auf dem Waldboden …

… und erwachte.

Alles tat ihr weh. Als wäre sie tatsächlich soeben von einem Pferd gefallen. Mühsam öffnete sie die Augen.

Rote Sonnenstrahlen kämpften sich durch Dunst, Baumstämme formten sich allmählich und Laub tanzte an den Zweigen. Ein feines Plätschern war zu hören.

Wo war sie nur?

Ruckartig setzte sie sich auf. Wie war sie in den Wald gekommen? Sie hatte Tonja verfolgt und war dann in ihre Kammer zurückgekehrt. Weshalb befand sie sich jetzt an der Quelle des Baches?

Ihr Gesicht fühlte sich seltsam taub an. Sie rieb sich die Augen und Wangen. Dann fiel ihr Blick auf ihre Hände und sie erschrak.

38

Die Finger und Handflächen sahen anders aus als sonst. Sie schienen größer zu sein. Da waren außerdem feine Narben auf dem Handrücken, am Gelenk und dem Unterarm. Was hatte das zu bedeuten? Was war mit ihr geschehen?

Sie blickte an sich herab und bemerkte, dass sie eine andere Kleidung trug. Dies war nicht ihr Schlafgewand, das sie in der Nacht angezogen hatte. Stattdessen trug sie ein grobes Leinenkleid mit einer Weste aus Filz sowie schlichte Lederschuhe, die geschnürt waren. Sie hätte schwören können, dass das Gewand Tonja gehörte. Weshalb trug sie eines von Tonjas Kleidungsstücken? Und wieso schien es ihr zu passen?

Zu guter Letzt fielen ihr Haarsträhnen ins Gesicht, die ihr fremd waren, und jetzt raste Felias Herz wie wild. Ihr Haar war nicht mehr blond, sondern glänzte nussbraun im aufgehenden Sonnenlicht.

Ohne weiter nachzudenken, sprang sie auf und rannte los. Ihr Körper fühlte sich kraftvoll an, aber nicht besonders leichtfüßig. Eine unbestimmte Angst trieb sie voran. Sie ahnte etwas, aber es konnte nicht stimmen. Es durfte einfach nicht wahr sein!

In weiter Ferne zogen Wolken auf, kumulierten zu bauschigen Himmelstürmen. Diesige Luft bildete die Vorhut für das Kommende und das klare Morgenlicht trübte sich ein.

Völlig außer Atem erreichte Felia ihre Behausung und stürmte durch die Hintertür. Sie sah, dass die Kleidung des Vaters fehlte, und vermutete, er sei vor Sonnenaufgang aufgebrochen, um zur Jagd zu gehen.

Sie stürmte durch den Flur in die gemeinsame Kammer der Schwestern, doch bevor sie dazu kam, sich in dem kleinen Wandspiegel zu betrachten, sah sie sich selbst mitten im Raum stehen.

„Du Hexe!", schrie Felia voller Zorn. „Was hast du getan?"

Die Gestalt, die aussah, wie sie sich kannte, drehte sich zu ihr um. Ein Schock durchfuhr sie. Sie – Felia – war außerhalb ihres eigenen Körpers. Wie konnte das geschehen? Wie seltsam das war! Und was spiegelte das Gesicht? Erstaunen? Spott? Schrecken? Schadenfreude? Felia hätte es nicht sagen können. Sie schwankte benommen, torkelte von plötzlicher Schwäche erfasst rückwärts gegen eine Wand und sank zu Boden.

Der Körper, der ihr gegenüberstand, schwankte ebenfalls, öffnete den Mund und schloss ihn wieder, gerade so als befände sich dieses Wesen, das zum Sprechen ansetzte, im Kampf mit sich selbst.

„Hast du nichts zu sagen?", schrie Felia.

„Nein", antwortete ihr der Körper. „Ich weiß nicht, was ich sagen soll."

„Vielleicht beginnst du damit, mir zu erklären, wie du das geschafft hast?"

Wenn Tonja nun ihren Körper trug, bedeutete dies, dass im Gegenzug Felia im Körper ihrer älteren Schwester gefangen war. Etwas, das Felia kaum begreifen konnte.

„Der gestrandete bunte Fisch, den du grausam in die Luft geworfen hattest, war eine Nymphe. Ihr Name lautet Camena. Weil ich Erbarmen mit ihr hatte, ihr das Leben gerettet habe, gewährte sie mir einen Wunsch."

„Und dir fiel nichts Besseres ein, als dir zu wünschen, du wärest ich?", fragte Felia fassungslos.

Das Mienenspiel der Schwester, die sich in ihrem Körper befand, befremdete sie. Sie fragte sich, ob sie immer so blasiert und kalt wirkte, wenn sie andere ansah. Das war nicht sonderlich reizvoll, stellte sie fest.

Abrupt ließ sich Tonja auf den Rand des Bettes sinken.

40

„Ich weiß auch nicht. Ich weiß wirklich nicht, was mich überkommen hat."

„Mach es rückgängig!", forderte Felia. Ihr Versuch, dabei bedrohlich zu klingen, misslang. Die innere Kraft versagte, als ob der Körper mit dem ihm nun innewohnenden neuen Geist nicht zurechtkäme. In der Ferne grollte Donner. Die Schwestern sahen zum Fenster.

„Du hast meine Kraft erhalten", bemerkte Tonja erstaunt.

„Was?", schrie Felia. Sie wollte nicht hysterisch klingen, aber es ließ sich offensichtlich nicht vermeiden. Sie sprang auf und ballte die Fäuste, Langsam ging sie auf ihre Schwester zu. Der Himmel wurde schwarz wie die Nacht.

„Mach es rückgängig! Mach es rückgängig, bevor Vater von der Jagd komm. Bevor uns jemand begegnet. Ich ... du sollst es RÜCKGÄNGIG MACHEN!!!"

Sie griff Tonja an den Schultern und schüttelte sie. Die Schwester ohrfeigte sie. Da erhellte ein Blitz das Zimmer, wie es kein anderes Licht vermochte. Felia stolperte erneut rückwärts und hielt sich erschrocken die Wange. Dann brach sie weinend zusammen.

Im nächsten Moment schluchzte Tonja ebenfalls und die Schwestern fielen einander in die Arme.

„Es tut mir leid", hauchte Tonja. „Ich ... ich weiß nicht, was ich mir dabei gedacht habe ... Ich ..."

Tonja sah sie mit einem seltsamen Blick an. Erst nach einiger Zeit begriff Felia, trat vor den Spiegel und ihr Herz setzte kurz aus. Das hängende Auge, das vernarbte Gesicht! Aus dem Spiegel blickte sie ein absoluter Albtraum an. Ungläubig betastete sie ihr neues Erscheinungsbild.

Falsch, falsch, falsch!, brüllte ihr Inneres.

Doch dann sah sie noch etwas anderes im Spiegel, was ihr zuvor nie bei Tonja aufgefallen war. Die grünen Iriden der Augen im gebräunten Gesicht ihrer Schwester, das, im

Moment zumindest, ihr Antlitz war, blitzten wie von Kristallen durchsetzt.

Schein und Sein

Tonja wusste nicht, was sie denken oder fühlen sollte. Das Gegenüber war ihr vertraut und fremd zugleich. Seltsamerweise dachte sie nicht als Erstes, dass sie abscheulich aussah. Im Gegenteil. Sie war vielmehr überrascht, dass sie sich selbst keineswegs als übermäßig hässlich empfand.

Sicher, es gab da einige Narben, doch ihr hängendes Auge war nicht so auffällig, wie sie immer geglaubt hatte. Das Haar schien auch nicht allzu widerspenstig zu sein und ihr Körper war kraftvoll und wohlproportioniert.

Zugleich betrachtete sie im Spiegel eine fremde und doch vertraute Person: den wohlgeformten Körper und das makellose Antlitz ihrer Schwester Felia. Beide hatten mit einem Schlag ihren Reiz verloren. Was wohl der Grund dafür sein mochte? Zusätzlich fühlte sie sich fremd in dem Körper. Wie ein schwerer, schlecht passender Mantel umgab sie diese Gestalt.

Das Gewitter, das durch ihre Streiterei verursacht worden war, verzog sich. Ein gleichgültig blauer Himmel blieb zurück. Ebenfalls makellos und ebenso langweilig.

43

Schritte wurden hörbar. Ihr unverkennbarer Rhythmus ließ erkennen, dass der Vater heimgekehrt war.

„Tonja, Felia!" Die Stimme war heiter.

Tonja warf sich einen Schal um ihre Schultern und ging zur Tür. Felia hielt sie auf.

„Vater zuliebe müssen wir so tun, als wäre nichts geschehen", sagte Felia. „Ich bin nun die Ältere. Das heißt, ich gehe zuerst."

Tonja nickte. Aus Gewohnheit war sie dem Ruf des Vaters umgehend gefolgt. Nun ließ sie Felia den Vortritt und kam verzögert hinter ihr her.

Vor dem Kamin in der Stube lag ein fettes Wildschwein. Der Vater fischte einen Haken von der Decke, an dem er das Tier aufhängen würde, um es abzuschwarten.

Er sah seine Töchter nur flüchtig an.

„Tonja, hol dein Messer. Und du, Felia, bist ja noch immer im Nachtgewand. Dass du dich nicht schämst!"

Felias erster Impuls war, in den Schlafraum zu gehen, um sich anzukleiden, während ihre Schwester auf die Worte des Vaters reagierte, indem sie das Messer holen wollte. Dabei stießen sie heftig zusammen.

„Was ist denn los mit euch beiden?", fragte Edmund Wetter. „Seid ihr heute Nacht auf den Kopf gefallen?"

Tonja blickte beschämt zu Boden, als der Vater den Blickkontakt zur jüngeren Tochter suchte, um seine Missbilligung ihr gegenüber auszudrücken. Tat er das immer? Ihr fiel das zum ersten Mal auf.

Felia bemühte sich, ihre ältere Schwester zu imitieren, strich das Kleid glatt, nahm eine Schürze vom Haken und lief rasch in den Nachbarraum, um das Messer zu holen. Tonja zog sich in den Schlafraum zurück, um sich anzukleiden.

Felia beobachtete mit unangenehm hämmerndem Herzen den Vater, wie er die Vorderfüße des Wildschweins zusammenband und das tote Tier an dem Haken aufhängte. Das Seil, an dem der Haken befestigt war, verlief über einem Querbalken unter dem Dach. Der Vater zog es straff und knotete es an einem Metallring an der Wand fest. Mit einer Geste forderte er seine ältere Tochter auf, eine große Zinnschüssel unter das Wildschwein zu schieben. Er wirkte überrascht über ihre langsamen Reaktionen, was Felia ihm nicht verdenken konnte. Sie war eben nicht Tonja, auch wenn sie so aussah.

Sie hielt das Jagdmesser gerade so, als hätte sie es zum ersten Mal im Leben in der Hand. Ihr schwindelte und Übelkeit befiel sie. Der Vater trat beiseite und Tonja kehrte ordentlich gekleidet zurück. Sie hatte Felias blonde Haare zu einem festen Zopf gebunden und ein Tuch um den Kopf geschlungen. Felia war erstaunt, wie verändert sie dadurch wirkte.

„Also, dann schneide so, wie ich es dir gezeigt habe", sagte der Vater zu ihr.

Felia warf einen verzweifelten Blick zu Tonja hinüber.

Diese reagierte sofort. „Darf ich es mal versuchen, Vater?"

Der Scharfrichter blickte eher misstrauisch drein.

„Das wäre ja mal was Neues", brummte er. „Deine Strafe nehme ich trotzdem nicht zurück."

Felia überreichte Tonja erleichtert das Messer. Diese tat, als überlege sie, wo sie die Klinge ansetzen sollte, obwohl sie das genau wusste. Die ältere Schwester hatte fraglos Talent darin, sich zu verstellen. Als sie dann gar nicht so ungeschickt anfing zu schneiden, hob der Vater erstaunt die Augenbrauen, wie Felia aus dem Augenwinkel bemerkte.

„Mh", grunzte er. „Na ja, vielleicht wird doch noch ein tüchtiges Mädchen aus dir."

„Ich hol' das Pökelsalz", rief Felia, wischte sich erleichtert eine Träne aus dem Auge und war schon auf dem Weg zu dem kleinen Lagerschuppen, der in einiger Entfernung von der Hütte stand, bevor ihr sonderbares Verhalten dem Vater auffallen konnte.

Erste Erkenntnisse

Bis zum Abend hielten die beiden jungen Frauen die Scharade durch und Tonja stellte erstaunt fest, dass ihr Vater die Schwester, die er ja für sie hielt, ihr gegenüber bevorzugte. Er sprach anders mit ihr, vertrauter und auch ein wenig zärtlicher. Tonja in Felias Körper hingegen bekam immer wieder verächtliche Blicke zugeworfen und härtere Worte zu hören, was sie zunehmend verunsicherte. War es denkbar, dass die jüngere Schwester deshalb so gehässig war, weil ihr Vater sie beide unterschiedlich behandelte?

Kurz bevor sie sich zurückzogen, sagte der Vater: „Ich habe meine Meinung geändert, Felia."

Tonjas Herz machte einen Satz. Was meinte er?

„Nachdem du heute wider Erwarten brav und anstellig warst, habe ich entschieden, dass ich dich morgen doch mit in die Stadt nehme."

Der Felia in Tonjas Körper entwich ein winziger Juchzer, bis sie begriff, dass nicht sie, sondern Tonja an ihrer statt gehen würde.

„Aber freu dich nicht zu früh. Wir bleiben drei Tage und wenn sich in dieser kurzen Zeit kein armer Trottel findet,

47

dem du den Kopf verdrehen kannst und der dann gewillt ist, dich mir abzunehmen, wirst du dem Orden der Magdalenen beitreten."

Jetzt waren beide Mädchen sprachlos.

„Aber Vater ...", stotterte Tonja nach einer Weile. Es war eine harte Strafe. Im Grunde die härteste, die ihrem Vater hatte einfallen können, sollte es tatsächlich dazu kommen, dass sie ins Kloster geschickt würde.

Felia trat vor.

„Vater, tu das nicht. Ich bin sicher, meine Schwester wird sich bessern. Sie wird gewiss von nun an immer brav mit mir in den Wald gehen, wenn ein Bote kommt. Und sie wird dir auch sonst keinen Ärger mehr bereiten."

Der Vater seufzte. Seine Miene spiegelte unterschiedliche Gefühle wider, die einen inneren Kampf mit sich verrieten. Dann verhärteten sich die Gesichtszüge. Er setzte sich in den Schaukelstuhl, in dem er immer seine Abende ausklingen ließ.

„Es ist löblich, Tonja, dass du Felia in Schutz nimmst, aber mein Entschluss steht fest. Entweder sie heiratet einen adäquaten Trottel oder sie geht ins Kloster. Seit ihr beiden das Kindesalter hinter euch gelassen habt, ist es mit meiner Ruhe vorbei. Ständig glaube ich, wilde Jungspunde hinter einer Hecke zu sehen, die euch ein Leid antun könnten. Ich werde nicht jünger. Bald erreiche ich den fünfzigsten Sommer. Da ich davon ausgehe, dass du einst meine Arbeit übernehmen wirst, Tonja, sehe ich keinen Grund, länger zu warten, dich, Felia, für deine Zukunft abzusichern. Dein wildes, unberechenbares Wesen, deine Eitelkeit und deine Faulheit nehmen beständig zu ..."

„Vater!" Wie aus einem Mund geboten die Schwestern ihm Einhalt, bevor es zu bösartigeren Äußerungen kommen konnte. Die Ablehnung in seiner Stimme tat weh.

Edmund Wetter presste die Zähne aufeinander und sein Blick war kalt und finster.

Felia trat zu Tonja heran und sie fassten einander an der Hand.

„Mein Entschluss steht", sagte der Vater. „Gute Nacht!"

Damit sandte er seine Töchter in die Kammer und diese leisteten dem Befehl wortlos Folge.

Im Schlafraum setzten sich die Schwestern jede auf ihr Bett und schwiegen eine Weile.

„Ich hatte ja keine Ahnung", sagte Tonja schließlich.

„Wovon?"

„Wie Vater mit dir spricht."

„Ach, das."

„Er ist kritischer mit dir als mit mir, also der echten Tonja."

Felia seufzte.

„Er liebt dich", sagte sie traurig. „Obwohl ich heute beinahe alles falsch gemacht habe, kam von ihm kein böses Wort."

Tonja nickte. Felia setzte sich neben sie.

„Wenn ich mich so von außen ansehe, kann ich mich nicht ausstehen", bemerkte Felia leise.

„Komisch", antwortete Tonja. „Wenn ich mich ansehe, empfinde ich das Gegenteil. Ich bin gar nicht so ein Scheusal, wie ich immer dachte."

Felia schaute sie mit ihren eigenen Augen groß an. Die Iriden waren auffallend türkisgrün mit einem bernsteinfarbenen Rand um die Pupillen. Die Haut strahlte sonnengebräunt, und die Narben im Gesicht waren kaum mehr zu sehen. Einzig das hängende Lid ließ sich nicht schönreden.

Felia lächelte.

„Danke, dass du meine Segelohren unter dem Tuch versteckt hast."

„Ich trage ab morgen die Haare wieder offen, wie du es immer machst."

„Kannst du versuchen, einen netten Mann für mich zu finden?", fragte Felia. „Ich denke nicht, dass ich einen dieser Boten je wiedersehen möchte."

Tonja gab darauf keine Antwort. Sie hatte große Zweifel, ob es ihr gelänge, in so kurzer Zeit einen Mann dazu zu bringen, sie zu heiraten. Obwohl sie aussah wie ihre Schwester, fühlte sie sich keineswegs wohl in ihrer Haut. Im Gegenteil. Im Moment hatte sie sich selbst verloren.

13.

Hilflos

Felia stand am Fenster hinter der Gardine, so wie sie es viele Male getan hatte. Doch dieses Mal befand sie sich in einem Körper, der ihr vollkommen fremd war. Und sie beobachtete nicht, wie ein Bote sich näherte, sondern wie der Vater und die Schwester in *ihrem* Körper sich entfernten.

Ein Zittern vor Trauer und Hilflosigkeit erfasste sie. Die beiden Gefühle wechselten sich ab und ließen sie ratlos zurück.

Am Morgen war keine Zeit gewesen, nochmals zur Bachquelle zu gehen und die Nymphe namens Camena zu rufen und sie zu bitten, den Zauber rückgängig zu machen. Und obwohl Tonja ihr versichert hatte, sie wolle den Rücktausch von ganzem Herzen, zweifelte Felia, ob sie es ernst meinte. Auch ihr Vertrauen in die Schwester, dass sie nur das Beste für sie wolle, wenn sie mit dem Vater in die Stadt fuhr, war nicht allzu groß. Wie sollte Tonja, so unerfahren und steif, wie sie war, in dem Getümmel der Stadt einen passenden Mann finden und diesen noch dazu in sich verliebt machen?

Felias Verzweiflung wuchs. Was, wenn der Tausch niemals rückgängig gemacht werden konnte? Dann saß sie in diesem Körper fest. Für immer! Allein in dieser gottverdammten Hütte, abseits des Lebens, entfernt von Freude, Lachen und Trubel.

Felia wurde übel. So durfte das nicht enden. Auf gar keinen Fall! Sie entschied, allein auf die Suche nach der Nymphe zu gehen.

Kurze Zeit später lief sie zügig den Weg am Bach entlang, bis sie seine Quelle erreichte. Dort hielt sie nach dem bunten Fischlein Ausschau, doch in dem perlenden Wasser ließ sich nichts erkennen.

„Camena?", rief sie. „Camena! Nymphe und Hüterin dieses Baches. Zeig dich mir!"

Nichts geschah.

„Camena, Nymphe des Baches im Wald Goldrin von Weossuno. Komm heraus! Ich bin es: Felia, gefangen im Körper meiner Schwester Tonja."

Ihr Tonfall war fordernd und unwirsch geworden. Wieso zeigte sich diese Nymphe ihr nicht?

Mehrere Male rief sie noch nach ihr. Dabei wurde sie schrecklich wütend und irgendwann donnerte es in der Ferne, obwohl es gar keine Wolken gab.

Da fiel ihr ein, dass ihre Schwester etwas von einer Kraft gesagt hatte. Wie war das noch gewesen? Ach ja: Felia hätte jetzt Tonjas Kraft erhalten. Aber was sollte das bedeuten? Ob das Donnergrollen etwas damit zu tun hatte? Das konnte sie sich kaum vorstellen.

Sie setzte sich neben die Quelle, an dieselbe Stelle, an der sie am Vortag erwacht war, und versuchte aus der Aussage ihrer Schwester schlau zu werden, doch der Sinn der Äußerung entzog sich ihr. Nach einiger Zeit hörte sie auf, darüber zu grübeln, und rief weiter nach Camena.

52

Bis spät nach Mittag versuchte sie, die Nymphe hervorzulocken. Mal zornig, mal drohend, mal flehentlich, doch Camena erschien ihr nicht.

Frustriert gab sie auf und machte sich auf den Heimweg. Immer wieder blickte sie zum Bach, suchte nach dem glitzernden Fischlein, aber erblickte weder dieses noch irgendein anderes.

Als sie an der Hütte ankam, wurde sie eines Pferdes auf der angrenzenden Wiese gewahr. Da es Zaumzeug und Sattel trug, wusste sie, dass jemand an oder gar in der Hütte sein musste.

Das Herz schlug ihr bis zum Hals.

Die Fahrt

Auf der Fahrt in die Stadt war Tonja, die ja nun wie Felia aussah, sehr still. Das war so ungewöhnlich für Felia, dass Edmund Wetter einige Mal besorgt den Kopf zu seiner Tochter umwandte.

„Mir scheint, du bereust ehrlich, mit dem Boten in den Wald gelaufen zu sein und mich, den ehrenwerten Vater und noch dazu Scharfrichter des Königs, so vorgeführt zu haben", bemerkte er.

Tonja senkte den Kopf.

„Ja, Vater. Es tut mir ehrlich leid."

Sie spürte, dass in ihm ein innerer Kampf tobte.

„Die Einsicht kommt zu spät, Felia. Hast du jemals an deine Schwester gedacht? Daran, wie dein leichtfertiges Wesen ihr wehtut?"

Obwohl er jetzt von ihr sprach, regte sich Widerspruch in Tonja, aber sie sagte nichts.

„Felia, deine Schwester wird möglicherweise niemals einen Mann finden, der sie mir ihren Makeln liebt, und du gibst dich so leichtfertig her. Dass du dich nicht schämst!"

Der Vater schaffte es, sowohl Tonja als auch Felia mit wenigen Worten zu beleidigen.

„Woher willst du das wissen?", fragte Tonja entrüstet und zugleich gekränkt. „Woher willst du wissen, dass es nicht doch einen Mann gibt, der mi... der Tonja lieben würde? Ihr Wesen, ihre Klugheit? Und Fe... ich habe mich niemandem an den Hals geworfen. Ich vermag bestens, auf mich aufzupassen."

Letzteres war eine Schutzbehauptung. Tonja wusste nicht, ob Felia in der Lage war, auf sich achtzugeben. Sie konnte sich vorstellen, dass die Schwester sich dem Boten angebiedert hatte. Da nichts Schlimmes geschehen war, konnte wohl davon ausgegangen werden, dass dieser Viktor ein Minimum an Ehre besaß.

Schweigend wurde die Fahrt fortgesetzt. Das alte, treue Pferd hieß Klepper und zog die kleine Kutsche mit stetigem Tritt. Tonja richtete ihren Blick auf die Wiesen und Felder, an denen sie vorbeikamen. Hier pflügte ein Bauer sein Feld mit einem Ackergaul, dort warf eine Bäuerin den Hühnern Körner zu. Kinder und Hunde scheuchten Schafe und Ziegen umher.

Die Welt war hinreißend. Wie ein Gemälde. Und sie – Tonja – sah dies nur, weil sie jetzt in dem Körper ihrer Schwester weilte. Dieser war fraglos ebenso hinreißend, doch das war nicht sie! Das so ersehnte Glück, endlich in die Stadt zu fahren, war unvollkommen.

Niemand grüßte die beiden Vorbeifahrenden. Jeder kannte den Scharfrichter und seine vielen anderen Namen, die man ihm gegeben hatte und welche die tiefsitzende Furcht vor ihm spiegelten – den Vollstrecker, den Henker, den Sensenmann, den Teufel. Am Stadtrand spürte sie verstohlene Blicke und erhaschte geflüsterte Worte.

„Schau, das schlechte Wetter ist da." Und: „Er hat die Schöne dabei."

55

Das stach ihr mitten ins Herz. *Die Schöne.* Die Menschen sahen nur ihre Schwester Felia. Tonja schluckte. Das alles hatte sie bei ihrem Wunsch nicht bedacht.

Als sie im Zentrum von Ehrenberg ankamen, fiel ihr ein, dass sie überhaupt nicht wusste, wie sie sich verhalten sollte. Die Umgebung war ihr bis auf ein paar wenige Dinge, an die sie sich aus ihrer Kindheit erinnerte, fremd und sie fühlte sich hundeelend. Am liebsten hätte sie sich in einer Ecke verkrochen oder wäre wieder umgekehrt.

Inmitten der Stadt wurde ihnen weniger Aufmerksamkeit gewidmet. Tonja, mit Felias Schönheit ausgestattet, war wahrlich nicht mehr die Einzige, die Aufsehen erregte. Im Gegenteil.

In den belebten Straßen sah sie Mägde, Zofen und Bedienstete, die an schlüpfrig kommentierenden Nichts-nutzen vorbeihasteten, um ihrer Arbeit nachzukommen. Bürgerstöchter und feine Damen in Begleitung ebenso feiner und nicht minder hübscher Herren flanierten umher.

Überall herrschte Trubel und Tonja fühlte sich überfor-dert. Sie wusste nicht, worauf sie ihr Augenmerk richten sollte. Schweine, die zu einem Markt getrieben wurden, quiekten. Halbwüchsige schoben Karren mit Wirsing, Kartoffeln und Rüben. Reiter und Kutschen bahnten sich den Weg.

Der Vater lenkte Klepper in eine breite Straße, die direkt auf das Schloss zulief.

Hohe Mauern schirmten das trutzige Bauwerk ab, das auch einige verspielte Elemente besaß. Von seinen Türmen starrten Wasserspeier hinab. Brücken und Stege führten von einem Bereich in den nächsten. Soldaten liefen hinter den Zinnen umher und ein riesiges Holztor mit schweren Beschlägen versperrte den Blick auf den Hof.

Der Vater führte Klepper darauf zu.

56

Wenig später öffneten Soldaten das Tor, nachdem sie einen kurzen Blick auf die mit dem Königssiegel versehene Todesliste geworfen hatten, und das Gefährt rollte in den vorderen Hof.

Der Vater hielt den Wagen an und Tonja stieg ab. Staunend blickte sie umher.

„Man könnte meinen, du seist das erste Mal hier. Drei Jahre ist keine so lange Zeit", brummte der Vater, als er bemerkte, wie seiner Tochter der Mund offen stand. „Nimm dein Bündel und geh in die Kammer. Ich werde den Kerkermeister suchen."

Tonjas Herz raste. Die Kammer? Sie würden im Schloss untergebracht? Aber sie wusste doch den Weg nicht. Fieberhaft suchte sie nach einer Ausrede.

„Vater, ich ...", stotterte sie, „ich werde dem Stallburschen helfen, Klepper zu versorgen."

Das Pferd wurde bereits aus seinem Geschirr befreit. Den Jungen, ein etwa zehn Jahre alter Bursche, schien es nicht zu kümmern, was Tonja angeblich tun wollte.

Der Vater runzelte die Stirn.

„Was ist bloß los mit dir? Du benimmst dich seit gestern wirklich seltsam."

Tonja versuchte verzweifelt, sich vorzustellen, was Felia in einem solchen Moment gemacht hätte. Einzig eine gewisse Hochmütigkeit kam ihr in den Sinn.

„Ich will nicht ins Zimmer!" Tonja bemühte sich, möglichst eingebildet zu klingen, fühlte sich aber entsetzlich albern dabei. „Ich will mir die prächtigen Rösser des Königs und seiner Soldaten ansehen."

Eine passable Ausrede, doch der Vater schien unbeeindruckt. Glücklicherweise tauchte in diesem Augenblick aus einer dunklen Ecke des Hofes der Kerkermeister auf und wankte auf sie zu. Er war ein fetter Mann, der dennoch eine

57

erstaunliche Beweglichkeit besaß. Sein Gesicht glänzte verschwitzt.

Diesen Moment der Ablenkung nutzte Tonja, um sich hinter Klepper zu verstecken, der soeben von dem Stallburschen weggeführt wurde. Kaum waren sie um die nächste Ecke gegangen, hielt sie den Jungen an.

„Warte! Ich muss dich dringend was fragen. Das klingt jetzt vielleicht seltsam, aber wo ist das Quartier des Henkers normalerweise?"

Der Junge schaute sie mit großen Augen an und deutete auf die andere Seite des Hofes.

„Im unteren Geschoss des Mauergangs."

„Ich danke dir!", antwortete Tonja erleichtert, raffte die Röcke und rannte hinter dem Karren außer Sichtweite des Vaters vorbei. Erst als sie am Fuß einer Treppe in einem kleinen unscheinbaren Turm angelangt war, verlangsamte sie ihren Schritt. Die Treppe schien zum Wehrgang hinaufzuführen und dementsprechend auch zu den darunterliegenden Gemächern.

Als Tonja sich umblickte, sah sie, dass der Vater eine grimmige Miene machte. Ob er sich über sie ärgerte oder über das, was der Kerkermeister ihm heftig gestikulierend berichtete, wusste Tonja nicht. Schnell verschwand sie im Treppenhaus.

In der ersten Etage erreichte sie eine schief in den Angeln hängende Holztür, die offen stand und zu einem außen liegenden Gang führte. Dieser bestand aus unebenen Balken mit einem Holzgeländer und verlief unterhalb des Wehrgangs an der Außenseite der Schlossmauer. Sie hatte einen sagenhaften Blick auf die Stadt, da der Prachtbau auf einem Hügel errichtet worden war.

Doch die großen Lücken zwischen den Holzbohlen ließen Tonja schwindelig werden und sie zögerte, den Gang zu betreten. Durch den fremden Körper fühlte sie sich

58

zusätzlich eingeschränkt. Mit der einen Hand krallte sie sich am Holzgeländer fest, die andere weigerte sich jedoch, den Rahmen der Tür loszulassen. Tonja stand wie eingefroren da. Eine Magd hetzte ihr entgegen.

„Wo ...", stotterte Tonja, die allen Mut zusammennahm. „Welches ... Das Quartier des Scharfrichters?"

Die Magd zeigte sich von ihrer Misere unbeeindruckt und deutete auf eine Tür hinter sich, die vierte von Tonjas Position aus.

„Da!", sagte sie patzig und schlüpfte mit verächtlichem Blick unter Tonjas Arm hindurch in das sichere steinerne Treppenhaus.

Trotz des unangenehmen Herzrasens hangelte sich Tonja den engen Holzgang entlang. Sie erreichte die Tür und warf sich dagegen, sodass sie in den kargen Raum hineinstürzte. Der Boden der Kammer war ebenfalls aus Holz, aber immerhin ohne Lücken zwischen den Brettern, was bei ihr unmittelbar für Erleichterung sorgte.

Zwei bescheidene Holzbetten mit Strohmatratzen sowie ein einzelner Tisch mit einer Kerze waren die gesamte Ausstattung. Man wusch sich dann wohl am Brunnen im Hof.

Es gab ein schmales Fenster ohne Glas, das frische Luft, aber kaum Licht hereinließ. Zum Glück war es Sommer. Im Winter wäre sie hier vermutlich erfroren.

So hatten also die Ausflüge ihrer Schwester Felia mit dem Vater ausgesehen. Bis jetzt ließ sich lediglich die Fahrt hierher als erquicklich bezeichnen, aber drei Tage und Nächte in dieser Kammer? Tonja sank desillusioniert auf eines der Nachtlager.

15.

Viktor

Der Prinz hielt Viktor an der Schulter fest und deutete durch ein Fenster in den Hof.

„Manchmal ist Fortuna mir tatsächlich wohlgesonnen", gluckste er. „Die schöne Tochter des Henkers wird mir vor die Tür geliefert."

Sie beobachteten, wie der Karren im Hof zum Halt kam, der Henker und die blonde Tochter abstiegen und Felia sich umsah. Sie wirkte, als wäre sie zum ersten Mal im Schloss, was aber nicht sein konnte. Eine Dienerin hatte Viktor berichtet, das Mädchen habe ihren Vater früher bereits begleitet, doch das letzte Mal sei nun schon einige Jahre her.

„He, du!", rief der Prinz einem vorbeieilenden Diener zu. „Finde heraus, wie lange der Freimann und seine Tochter bleiben."

Der Lakai verbeugte sich und lief umgehend in die andere Richtung.

„Wenn die beiden hier sind, bedeutet das, dass die andere Tochter ganz allein im Wald ist." Hektor schien diese Vorstellung reizvoller zu finden als Viktor, der

60

gehofft hatte, nach einiger Zeit würde ihre getroffene Absprache vielleicht in Vergessenheit geraten. Offensichtlich war dem nicht so.

Viktor wandte den Blick vom Hof ab.

„Woher weiß ich, dass du nicht bloß Blümchen pflückst, während ich mich in die düsteren Tiefen von Goldrin begebe?"

„Weißt du nicht!" Prinz Hektor grinste. „Aber wie du einmal bei anderer Gelegenheit passend anmerktest, mein Name lautet *von Hohenehr*. Ich halte mein Wort. Selbstverständlich kann ich nicht verhindern, dass mein Vater womöglich Einwände gegen eine nicht standesgemäße Hochzeit hat."

Darauf hoffst du wohl, dachte Viktor und bemerkte: „Ich gehe davon aus, dass du ihn zu überreden weißt, denn ich werde mit der älteren Schwester auf eurer Hochzeit tanzen."

Bei diesen Worten gefror Hektor das Grinsen im Gesicht. Ihm dämmerte wohl, dass aus dem anfänglichen rivalisierenden Spiel eine waschechte Fehde geworden war. Und dass er, der Prinz, dabei war sie zu verlieren, wenn er jetzt einen Rückzieher machte.

Viktor hatte sich soeben entschieden, keinesfalls von der Absprache zurückzutreten. Im Gegenteil. Er fing an, an dieser Herausforderung Gefallen zu finden. Er erinnerte sich an die funkelnden Augen der Henkerstochter und ihr geheimnisvolles Schweigen. Sein Herz klopfte unerwartet etwas schneller.

„Du kannst Windeseil haben", sagte Hektor. Dass er Viktor sein Lieblingspferd, einen schnellen Fuchs mit friedlichem Gemüt, überlassen wollte, war eine großzügige Geste. Der Prinz war durchaus zu einer solchen fähig. Leider geschah so etwas eher selten, weshalb es häufig etwas Herablassendes an sich hatte.

Sie schritten weiter durch den Gang, als ihnen der zuvor entsandte Diener mit einer Antwort entgegenhetzte.

„Drei Tage", keuchte der Mann. „Der Scharfrichter hat dem Kerkermeister gesagt, er suche einen Mann für Felia. Wenn sich keiner fände, werde sie am Tag nach den Hinrichtungen ins Kloster geschickt werden."

„Oha, ins Kloster!", sagte Hektor. „Hast du den Grund dafür in Erfahrung bringen können?"

Der Bote verneinte.

Viktor konnte sich ein Grinsen nicht verkneifen. „Drei Tage. Etwas weniger Zeit als gedacht, oder?"

„Kann man wohl sagen."

Prinz Hektor schien angestrengt nachzudenken, aber Viktor ließ ihm keine Ausflucht mehr.

„Dann werde ich mich mal auf den Weg in den Wald machen. Ich kann davon ausgehen, dass dann in drei Tagen eine Verlobung verkündet wird?"

„Hmm", brummte Hektor. Sein Stolz ließ ihn nicht zurückweichen.

Die beiden trennten sich und Viktor ging in seine Gemächer. In einer Kommodenschublade verbarg er einen Haarkamm aus Hirschhorn, der seiner Mutter gehört hatte. Sie hatte ihm einmal gesagt, er solle dem Mädchen, das er zu umwerben gedenke, nicht Gold und Silber schenken, sondern seine Aufmerksamkeit. Um das in Erinnerung zu behalten, steckte er den Kamm ein, neben weiteren Utensilien, die er für die Zeit im Wald benötigte.

Dann suchte er die Ställe auf und ließ Windeseil satteln.

Als Viktor im Schlosshof aufsaß, empfand er ein eigenartiges Kribbeln im Nacken. Sein Blick glitt hoch zu den Unterkünften des Gesindes und er erkannte die Tochter des Henkers, die ihn durch eine schmale Luke ansah.

Ihre Blicke blieben aneinander haften. Als er seinen schlussendlich lösen konnte, beschlich ihn ein eigenartiges

Gefühl. Irgendetwas war nicht in Ordnung. Doch er hätte beim besten Willen nicht sagen können, was.

Der unerwartete Hausgast

Langsam schlich Felia um das Haus und kam zum Schuppen. Sie nutzte seinen Schatten als Deckung und lugte vorsichtig um den Holzstoß herum, den ihr Vater unter dem Vordach errichtet hatte.

Auf der Veranda stand der Bote, mit dem sie in den Wald gelaufen war. Er wanderte nervös hin und her. Dabei machte er einen leichten Bogen um die Holzbank, auf der üblicherweise ihr Vater saß.

Sie überlegte. *Viktor!* Ja, so lautete sein Name.

Leise öffnete sie die Tür zum Schuppen und hielt Ausschau nach einer Waffe. Sie wählte eine kleine Axt aus der Sammlung ihres Vaters. Ihre Klinge glänzte frisch geschärft.

Als sie den Schuppen verließ, bemerkte sie, dass ihr Körper eigenwillig die Führung übernahm. Mit ihrer echten Gestalt hätte sie sich trotz Axt kaum weniger unsicher gefühlt. Sie hätte kaum gewusst, wie sie das Werkzeug hätte halten oder gar als Waffe gegen irgendjemanden hätte richten sollen. Tonjas Händen hingegen schien das Werkzeug

64

vertraut, ihre Finger schmiegten sich fest um den glatten hölzernen Griff.

Geduckt lief sie hinter einen Busch. Als Viktor ihr den Rücken zukehrte, um durch das Fenster zu spähen, an dem sie für gewöhnlich saß, sprang sie hervor und versperrte ihm den Weg.

„Was willst du hier?", rief sie grimmig.

Er fuhr erschrocken herum. Überrascht griff er nach seinem Schwert, doch er zog es nicht, sondern setzte ein charmantes Lächeln auf.

„Ich bin gekommen, um dich wiederzusehen", sagte er und trat langsam auf sie zu.

Felia wich unwillkürlich zurück.

„Ach ja?" Sie reckte den Kopf. „Was lässt dich glauben, dass ich mich darüber freue?" Energisch strich sie sich die Haare aus dem Gesicht und blickte ihn hochmütig an.

„Immerhin hast du schon einmal einen ganzen Vormittag darauf gewartet, dass ich zurückkomme", antwortete er, doch ein Hauch von Verunsicherung lag in seiner Stimme.

Das hatte die Schwester ihr überhaupt nicht erzählt. So was!

„Habe ich nicht. Das war Zufall", antwortete sie hochmütig.

Er runzelte irritiert die Stirn und seine Augen verengten sich. Zunächst schien er etwas erwidern zu wollen, doch dann ging er energisch an ihr vorbei.

„Natürlich. Wie töricht von mir."

Er strebte zu dem Pferd, das nun etwas abseits in den Schatten graste. Als er es erreicht hatte, saß er ohne Zögern auf.

Felia fühlte sich unvermittelt hin- und hergerissen. Es machte sie einerseits stolz, ihn vertrieben zu haben, andererseits hatte sie sich immer gewünscht, dass ein Bote einmal wegen ihr zur Hütte zurückkäme.

Viktor ritt auf sie zu.

„Du bist anders als beim letzten Mal", sagte er. „Dennoch würde ich wenigstens gerne deinen Namen erfahren."

Felia runzelte die Stirn.

„Aber ich sagte ihn dir doch."

„Nein", antwortete Viktor. „Deine Schwester Felia verriet mir den ihren, nachdem sie mich in eine Felsspalte gezogen hatte. Auch ließ sie sich recht willig von mir küssen. Nicht, dass sie nicht ansprechend aussähe, aber mir gefiel es dennoch nicht. Du aber hülltest dich in geheimnisvolles Schweigen. Würden deine Augen nicht genauso zauberhaft funkeln, wie bei unserer ersten Begegnung, ich würde glauben, jemand anderes steht vor mir. Und? Sagst du ihn mir?"

Sie war ja gar nicht Felia! Sie befand sich in Tonjas Körper. Das war die Person, die er sah. Einen Moment lang hatte sie das vergessen. Was tat Tonja, wenn sie auf Fremde traf? Sie versteckte sich, flüchtete oder mied zumindest den Augenkontakt. Schnell ließ sich Felia die Haare wieder ins Gesicht fallen.

„Ich sage dir meinen Namen", sagte sie leise.

Das Pferd tänzelte und schnaubte.

„Und vielleicht bleibst du doch noch ein wenig?", fügte sie fragend hinzu, aber so leise, dass er es kaum hören konnte. Er wendete das Pferd, blickte den Hügel hinab, an dessen Fuße die ersten Höfe der Stadt zu sehen waren, und schien nachzudenken. Dann stieg er ab und trat auf sie zu.

Felia hätte jeden Fremden mit kessem Lächeln und selbstbewusstem Auftreten empfangen. Doch ihre Schwester tat dies nicht. Ratlos stand sie da.

„Und?", fragte er fordernd, doch jetzt trat er nicht mehr allzu nahe an sie heran.

„Man nennt mich Tonja", sagte sie. Fremd und doch zugleich vertraut klang der Name aus ihrem Mund. „Soll ich uns einen Kaffee machen?"

„Sehr erfreut, Tonja." Viktor verbeugte sich. Dann fragte er überrascht: „In eurem Haushalt gibt es Kaffee? Selbst bei Hof ist das etwas Außergewöhnliches."

Wieder musste Felia an sich halten. Ihre selbstbewusste Antwort hätte gelautet, dass der Henker und seine Familie durchaus etwas Besonderes waren, doch Tonja wären solch stolze Worte nicht über die Lippen gekommen. Üblicherweise antwortete sie ehrlich und direkt.

„Manchmal bringt der Vater welchen aus der Stadt mit. Für ... besondere Anlässe."

Viktor nickte.

„Dann bin ich gerne ein besonderer Anlass und sage nicht nein."

In ihrer Schüchternheit hätte Tonja diesen Viktor nicht in die Nähe des Hauses gelassen und schon gar nicht ihn hineingebeten. Vermutlich hätte sie ihn beschimpft und versucht, ihn irgendwie zu verjagen. Die Art, wie er sie ansah, vermittelte Felia aber ein unbestimmtes Gefühl, dass es womöglich ein Fehler wäre, sich abzuwenden. Auch drängte sich ganz unvermittelt sein frecher Kuss in ihr Gedächtnis. Diesen Mut hatte sie gemocht, auch wenn sie immer noch an den anderen Boten dachte, der ja ebenfalls forsch gewesen war.

Sie würde für ihre Schwester über den eigenen Schatten springen. Sie – als Felia – mochte Menschen um sich und dachte, dass auch ihrer Schwester Gesellschaft guttun würde.

Beim Zubereiten des Kaffees fiel ihr allerdings auf, dass der Bote eben nicht wegen ihr – Felia – zurückgekehrt war, sondern wegen ihrer Schwester Tonja. Diese Erkenntnis hatte zur Folge, dass sie im weiteren Verlauf des Nachmittags die Schüchterne gar nicht mehr spielen musste, da sie nun tatsächlich verunsichert war.

Ein durchaus ansehnlicher Bursche war wegen Tonja zurückgekehrt, obwohl er ihr nur ein einziges Mal begegnet war, während Felia viele Male den Boten ihr Antlitz gezeigt hatte, ein Augenaufschlag hier, ein kesses Lächeln da. Wieso war niemals jemand wegen ihr zurückgekehrt?

Anders

Tonjas Bett war hart, raschelte, Stroh stach sie durch die groben Decken, der Vater schnarchte und immer wieder mischten sich Gedanken an Viktor in ihre Träume.

Als sich ihre Blicke getroffen hatten, war Tonja das Blut in den Kopf geschossen und ihr Herz hatte wie wild geklopft. Danach war sie von dem schmalen, glaslosen Zimmerfenster zurückgetaumelt und matt auf die schreckliche Schlafstatt gesunken.

Wohin war er bloß geritten?

Am Morgen weckte sie der Vater noch vor Sonnenaufgang.

„Für ein Frühstück darfst du in die Küche gehen", sagte er nur. Sie hatte keine Ahnung, wo die Küche war, nickte aber artig.

Als er den Raum verlassen hatte, rollte sie sich auf den Rücken und starrte auf die fleckige Decke, die voller Spinnweben hing. Sie beobachtete einen Weberknecht bei seiner Wanderung von einer Ecke in die andere und versuchte, nicht an den jungen Ritter Viktor von Tiefensee zu denken. Vielleicht war er ja auch nur ein Knecht, aber sie stellte ihn sich lieber als Ritter vor. Doch konnte man gleichzeitig Bote und Ritter sein?

Sie setzte sich ruckartig auf. Aber sicher, das war es: Er war aufgebrochen, um jemandem eine Botschaft zu überbringen. Wie lange mochte er wohl unterwegs sein? Würde er während ihres Aufenthalts zurückkehren? Er war bestimmt nur ein einfacher Bote. Jemand, den sie heiraten konnte. Aber dann wäre er ja im Grunde der Mann ihrer Schwester und diesen Gedanken konnte sie kaum ertragen. Das war alles furchtbar verwirrend.

Es klopfte an der Tür.

„Wer ist da?", fragte sie und warf schnell ihren warmen Umhang um, denn um diese Uhrzeit war es frisch in der Kammer.

„Ich bin Jade, die Küchenmagd. Man schickt mich, dich zu holen."

„Wer verlangt nach mir?", fragte Tonja, sofort in Panik versetzt. Sie fühlte sich überhaupt nicht dazu bereit, allein irgendwohin zu gehen. Es nützte auch nichts, sich mit aller Gewalt daran zu erinnern, dass sie Felias Gestalt besaß. Sie fühlte sich unsicherer als jemals zuvor in ihrem Leben.

„Bitte komm", rief Jade mit leichter Verzweiflung in der Stimme. „Mir wurde befohlen, dich zu holen. Ich darf nicht ohne dich zurückkehren."

„Dann sag mir, wer es dir befohlen hat. Ohne die Erlaubnis meines Vaters kann ich hier nicht einfach fortgehen", entgegnete Tonja. Sie lief aufgeregt hin und her und versuchte, nicht darauf zu hoffen, dass es womöglich Viktor war, der nach ihr verlangte. Aber das konnte ja gar nicht sein. Schließlich war er am Vortag weggeritten.

„Bitte, öffne mir wenigstens die Tür ..."

Ja, das konnte sie wohl gefahrlos tun.

Davor stand eine liebliche junge Frau mit unzähligen Sommersprossen im Gesicht.

70

„Ich verspreche, dir droht keine Gefahr, und dein Vater würde es dir gewiss nicht verbieten."

Die Magd schien es ehrlich zu meinen.

Tonja rang mit sich. Sie war jetzt endlich in der Stadt. Sie hatte immer hierher gewollt, um etwas zu erleben, um Neues zu erfahren. Felia hätte niemals auf die Erlaubnis des Vaters gewartet. Nur Tonja tat so etwas. Warum eigentlich? Aus Angst? Was würde Felia tun? Sie würde sich herausputzen und mitgehen.

„Sehe ich ordentlich aus?", fragte Tonja die Magd. Jade riss die Augen auf.

„Du siehst aus, wie alle es von dir sagen, wie der blühende Morgen."

Tonja fühlte die Worte wie Messerstiche im Herzen. Ihre Schwester mochte womöglich der blühende Morgen sein, im Inneren aber beherbergte sie die Dämmerung.

Trotzdem gab sie sich einen Ruck und trat aus der Tür. Schnell kam das Unwohlsein aufgrund der Spalten zwischen den Brettern zurück, aber die Magd lief erleichtert voran und Tonja folgte ihr im Laufschritt.

Im gemauerten Schlossbereich verschwanden Schwindel und Zweifel und eine ungeheure Aufregung erfasste sie. Es ging vornehmlich aufwärts. Hier eine Treppe, dort eine Tür, gefolgt von einem breiten herrschaftlichen Gang mit Mosaiken am Boden, gewebten dicken Teppichen und riesigen Gemälden von hochherrschaftlichen Menschen an der Wand. Könige, Frauen in betörenden Gewändern, ein Hündchen auf dem Arm, Jagdgesellschaften, Ritter.

Auf kleinen Tischen standen Vasen mit üppigen Blumengestecken, Rosenranken zierten die Decke. Tonja gingen die Augen über. Dann blieben sie vor einer Tür stehen.

Die Magd klopfte. Ein Diener mit hochmütigem Gesichtsausdruck öffnete und hieß Tonja eintreten.

Ein dunkelblauer Webteppich bedeckte den gesamten Boden des Raumes, der ihr ungeheuer weitläufig vorkam und etwa die Fläche ihrer gesamten heimatlichen Hütte besaß. An den himmelhohen Fenstern hingen schwere Brokatvorhänge. Ein riesiger Kamin befand sich zur Rechten, zur Linken stand ein Wandtisch mit einem Blumenbouquet, Kristallgläsern und Flakons. Die Mitte zierten zwei sich gegenüberstehende dunkelgrüne Sofas.

Das Licht strömte so hell in den Raum, dass die Person, die vor dem Fenster stand, zunächst nur als unbestimmte Silhouette zu sehen war. Erst nach einigen Augenblicken erkannte Tonja ihr Gegenüber. Der Mann war jener Bote, der ihnen die Haarlocken abgeschnitten hatte.

Nach wie vor fand sie ihn äußerst anziehend. Seine Züge waren markant, die Nase leicht gebogen, die Haare honigblond und lockig. Seine blauen Augen betrachteten sie neugierig.

„Bitte", sagte er und deutete auf das Sofa.

Zögerlich schritt Tonja zu dem ihr gewiesenen Platz.

Ihre Gedanken rasten genauso schnell wie ihr Herz. Wer war dieser Mensch?

„Welch angenehme Überraschung", sagte er und schien auf eine Reaktion zu warten. Tonja war wie erstarrt und wusste nicht, ob sie darauf etwas sagen sollte.

„Wo habe ich nur meine Manieren?", fuhr der Mann unbeirrt fort und lachte. „Du weißt natürlich nicht, wer ich bin. Du denkst vermutlich, ich wäre so ein einfältiger Bote, der bezahlt wurde, deinem Vater, dem Henker, eine Liste zu bringen. Du irrst dich. Ich bin Prinz Hektor Archibald Gregor von Hohenehr."

Der Sohn des Königs!

Hätte Tonja nicht bereits gesessen, ihr wären sicherlich die Beine weggesackt, obwohl das wahrlich nicht ihrer Konstitution entsprach. Jedoch rauschte es in ihren Ohren

72

und ein leichtes, unangenehmes Fiepen war zu hören. Beides verschwand nach einigen Atmenzügen.

Doch dann durchfuhr sie der nächste Schock. Musste sie aufspringen und knicksen? Was war zu tun? Durfte sie auf dem feinen Sofa einfach so sitzen bleiben?

„Na ja …" Hektor – nein, Prinz Hektor! – wirkte enttäuscht. Etwa weil sie ihm keine Ehrerbietung erwiesen hatte?

„So einen schüchternen Eindruck machtest du beim letzten Mal trotz Regen und Sturm nicht auf mich, aber zugegeben, da wusstest du nicht, wer ich bin …"

Er wartete einige Momente.

„Du darfst sprechen", sagte er aufmunternd und gleichzeitig fordernd.

Tonjas Mund schien wie vernagelt. Sie sah, dass sich seine Augen verengten.

„Hmm", sagte er. „Ich hatte eher damit gerechnet, dass du dich freust, mich zu sehen."

Verdammt, sag was!, befahl sich Tonja. *Du bist es deiner Schwester schuldig.*

Mühsam brachte sie ein Lächeln zustande.

„Wenigstens etwas", bemerkte der Prinz.

Sag was, sag was, sag was!

„Warum wolltest du mich sprechen?"

Es überraschte sie selbst, als der Satz einfach so aus ihr herausplatzte. Aus Felias Mund klangen die Worte weit weniger aggressiv als vielmehr eingebildet. Um sich diese unbeabsichtigte Wirkung weiter zunutze zu machen, reckte Tonja die Nase und straffte sich. Es wäre doch gelacht, wenn sie nicht ihre kleine Schwester imitieren könnte.

Plötzlich war ihre Schüchternheit verschwunden. Ein ungewohntes Kribbeln durchlief sie und gab ihr das Gefühl, als sei sie soeben aufgewacht. Dies war nur eine Rolle und sie konnte sie spielen.

„Sie hat also doch eine Stimme", sagte Hektor und setzte sich neben sie. Tonja widerstand dem ersten Impuls, aufzuspringen und sich zu entfernen. Ein schwerer Duft drang in ihre Nase. Etwas zu intensiv für ihren Geschmack. Gegen ihren inneren Widerstand wandte sie sich dem Prinzen zu, sah ihm direkt in die Augen und kräuselte die Lippen. Er legte die Hand auf seine Brust.

„Endlich! Einen Moment dachte ich schon, man hätte dich ausgetauscht, so verschreckt, wie du schautest."

Eine Reihe weißer, perfekter Zähne blendete sie. Tonja lächelte, ebenfalls so breit sie konnte. Um sich dabei nicht vollkommen blöd vorzukommen, sagte sie sich in Gedanken: *Beißt du mich, beiß ich dich!*

Ihm schien ihr Lächeln zu gefallen.

„Komm!" Er sprang auf, nahm ihre Hand und zog sie vom Sofa.

Aber Tonja entriss sich ihm und brachte das Möbelstück zwischen sie beide. Sie konnte nichts dafür. Es war ein Reflex. Belustigt und irritiert gleichermaßen sah er sie an.

„Außerhalb deines Bauernhauses bist du anscheinend doch etwas unzugänglicher."

Einen winzigen Moment lang huschte eine unbestimmte Regung über sein Gesicht. Unmut? Ungeduld? Sie wusste schnell darauf zu reagieren.

„Mir scheint, du bist es nicht gewöhnt, wenn jemand sich dir widersetzt."

„Mag sein", gab er freimütig zu. „Wer es wagt, mir nicht zu gehorchen, den schicke ich in den Kerker. Manch einer von ihnen landet auf den Knien vor deinem Vater."

„Mich würde mein Vater niemals köpfen. Eher würde er sich das Leben nehmen."

„Manchen ist das Beil des Scharfrichters lieber, als ein trauriges Leben im Kloster zu verbringen."

Darauf fiel Tonja erst einmal nichts ein.

Dann sagte sie: „Wenn du meine Frage von vorhin beantwortest, folge ich dir. Vielleicht." An einem überzeugenden Augenaufschlag musste sie noch arbeiten. Sie kam sich lächerlich dabei vor.

„Welche Frage?"

„Was du von mir willst."

Er umrundete das Sofa und kam auf sie zu. Obwohl Tonja es nicht wollte, wich sie weiter zurück, bis sie irgendwann mit dem Rücken an die Steinwand stieß. Er trat noch näher. Indem er beide Arme links und rechts von ihr an der Wand abstützte, verhinderte er, dass sie sich ihm nochmals entziehen konnte. Tonja spürte deutlich die Bedrohung, die von ihm ausging. Es lag plötzlich etwas in seinen Augen, das ihr Angst machte.

„Ich will dich erlegen", sagte er leise. Tonjas Herz raste auf eine ungute Weise. „Wie ein Reh. Durch einen Schuss ins Herz."

Er bohrte seinen Zeigefinger links unterhalb ihrer Brust dorthin, wo das Herz lag. Tonja wäre am liebsten mit dem Beil ihres Vaters auf ihn losgegangen.

Dann lachte er, trat von ihr weg und ging zur Tür.

„Nun komm!"

Tonja ballte die Fäuste. Ihr Kiefer schmerzte, weil sie die Zähne so fest aufeinandergebissen hatte. Mit einem Ruck, der ihre ganze Willenskraft erforderte, löste sie sich und folgte ihm.

Sie betraten wieder den opulent ausgestatteten Flur. Drei Zimmer weiter hieß der Prinz sie anhalten. Ein Diener öffnete die Tür und Hektor schob Tonja in den Raum.

Das Zimmer besaß rosa Wände und lediglich ein Fenster. Im Weiteren enthielt es ein samtbezogenes Podest in der Mitte, das umgeben war von drei imposanten Spiegeln, und einen eindrucksvollen schwarzen Schrank. Offensichtlich war dies das Ankleidezimmer irgendeiner Dame.

Drei Dienerinnen, eine recht alte und zwei jüngere, alle aber Tonja an Jahren weit überlegen, knicksten. Sie trugen strahlend weiße Kopftücher und hochgeschlossene rostbraune Kleider, eng geschnürt und schmucklos. Hektor blieb in der Tür stehen.

„Du wirst heute Abend mit der königlichen Familie dinieren. Ich werde dich als Prinzessin einer Grafschaft aus dem fernen Landadel ausgeben, deren Bekanntschaft ich zufällig gemacht habe. Falls du auf die dumme Idee kommen solltest, deine wahre Herkunft zu verraten, wird dein Vater Opfer seiner eigenen Axt werden. Haben wir uns verstanden?"

„Mein Vater wird nach mir suchen", sagte Tonja, denn dessen war sie sich gewiss.

„Darum kümmere ich mich schon."

Die Tür schloss sich und die drei Frauen machten sich ans Werk. Schon nach wenigen Handgriffen merkte Tonja, dass sie keineswegs sanft mit ihr umzugehen gedachten. Ruppig wurde sie ihrer Kleidung bis aufs Hemdchen entledigt.

Die Zofen sprachen kaum und reagierten mürrisch oder gar nicht auf ihre Fragen. Man zog ihr ein neues Unterkleid an, und als es daran ging, das Korsett zu schnüren, war Tonja überzeugt davon, dass die Dienerinnen sie umbringen wollten.

18.

Sie

Felia fühlte sich im Beisammensein mit Viktor all ihrer üblichen Mittel beraubt: dem langgeübten koketten Augenaufschlag, der Kopfhaltung, dem Spiel mit ihren Locken. Sie wusste überhaupt nicht, was sie tun oder wie sie sich geben sollte. Daher knetete sie auf ihren Fingern herum.

„Wie ist das Leben hier?", fragte Viktor.

Sie wollte gerade anfangen, lang und breit über das öde Dasein, die unerträgliche Stille und die zermürbende Langeweile zu lamentieren, als sie sich daran erinnerte, dass Tonja genau das über alle Maßen liebte.

„Es ist erträglich", antwortete sie als Kompromiss zwischen ihren beiden Ansichten.

„So zu leben muss wunderbar sein!", sagte Viktor. „Abseits des ganzen höfischen Firlefanzes. Ich würde den ganzen Tag den Wald durchstreifen und zur Jagd gehen, Schweine, Hirsche und Vögel erlegen."

Felia hoffte im Stillen, er würde weiterreden. Bei dem letzten Besuch in der Stadt kurz vor ihrem vierzehnten Geburtstag hatte sie auf dem Schlosshof das Gespräch zweier Frauen belauscht. Sie hatten Hühner gerupft und sich wie in einem kleinen Wirbelsturm in einer Wolke aus Federn befunden.

„Lass die Männer reden", hatte die eine gesagt. „Das tun sie am liebsten. Prahlen mit ihren Errungenschaften, Jagderfolgen oder ihrem, na du weißt schon."

„Und wie viel sie wieder gesoffen haben", hatte die andere eingeworfen. Dann hatten beide Frauen laut gelacht.

Leider erfüllte Viktor dieses Bild nicht. Er beobachtete sie stattdessen neugierig.

„Und was tust du den ganzen Tag?"

Mich entsetzlich langweilen, dachte Felia. Aber was tat Tonja?

„Na ja, ich kümmere mich um den Haushalt, wasche und koche ..."

Felia fiel wenig ein. Sie hätte gerne gesagt, sie schere sich nicht darum, ob ihre Hände dreckig und rissig wurden. Tonja haute mit der Axt bald genauso kräftig zu wie ein Mann. Sie kochte, ja, sie wusch, ja. Vor allem aber hielt sie Felia davon ab, Dinge zu tun, die das Leben in dieser Hütte etwas verschönert hätten, denn immer musste sie als jüngere Schwester das machen, was die ältere ihr auftrug. Felia wurde rot und stockte.

Viktor zog aus seinem Gewand eine kleine, dünne Pfeife, stopfte sie und zündete sie an. Dabei sprach er keinen Ton.

Felia fühlte sich immer unwohler.

„Weißt du, der andere Bote, der vor mir da war, und ich, wir hatten eine Wette abgeschlossen", sagte er nach einer Weile.

„Eine Wette?" Sie täuschte Ahnungslosigkeit vor, aber innerlich ärgerte sie sich, dass Tonja recht gehabt hatte. Die Männer waren nur hierher gekommen, um sich ihren Mut zu beweisen. Sie sprang auf.

„Und? Wer ist der Sieger dieser Wette?", rief sie erzürnt.

78

„Noch niemand", sagte Viktor gelassen. „Lass uns spazieren gehen."

Er stand ebenfalls auf und ging durch die Hintertür nach draußen. Felia folgte ihm nach einigem Zögern.

Sie spazierten eine ganze Weile, ohne zu reden, am Bach entlang durch den Wald. Irgendwann drehte sich Viktor zu ihr um.

„Hast du keine Angst, dass ich dir etwas antun könnte?"

Diese Frage verwirrte Felia. So ein Gedanke war ihr nicht gekommen. Und Tonja wäre so etwas sicherlich auch nicht eingefallen.

Er schaute sie wieder prüfend an.

19.

Er

Viktor spürte, dass irgendetwas an der jungen Frau anders war, doch er konnte nicht genau benennen, worin der Unterschied lag. Gelegentlich warf sie den Kopf nach hinten und reckte die Nase. Eine Bewegung, die er beim ersten Treffen nicht wahrgenommen hatte und die absolut nicht zu ihr zu passen schien. Des Weiteren verhielt sie sich unbeherrschter und wirkte ruhelos. Mehrfach fuchtelte sie mit ihren Händen fahrig durch die Luft, wodurch sie irgendwie ungeschickt wirkte.

Er wollte ihr die Wahrheit sagen, da er bei dem Ritt zur Henkershütte große Zweifel über die Redlichkeit dieses Abenteuers bekommen hatte. Der Gedanke, den Prinzen gewinnen zu lassen, behagte Viktor nicht, aber vielleicht würde er dadurch alle vier Beteiligte und auch seine eigene Familie vor einem riesigen Unglück bewahren. Der Königssohn fand immer einen Weg, um zu bekommen, was er wollte. Dazu zählte aber mit Sicherheit nicht die Hochzeit mit einer Henkerstochter.

Nachdem sie eine Weile schweigend einen Pfad an einem Bach entlanggegangen waren, berichtete er ihr

80

schließlich von der letzten Absprache mit dem Prinzen. Als er fertig war, hatten sie eine Stelle erreicht, an der der Bach aus dem Erdreich trat. Dort bemerkte Viktor einen feinen regenbogenartigen Schimmer über der Austrittsstelle, als hätte jemand eine hauchdünne Seifenblase über diesen Punkt gespannt.

Tonja wirkte abgelenkt und schien einen wilden inneren Dialog mit sich selbst zu führen.

„Bist du gewiss, dass Prinz Hektor sie heiraten wird?", fragte sie. Ihr Tonfall missfiel ihm. Er klang, als wäre sie enttäuscht. Als habe sich eine Erwartung nicht erfüllt. Dann wieder änderte sich ihre Stimmung.

„Nun ja, es ist sicher besser, die Frau des zukünftigen Königs zu werden, als im Kloster zu landen." Sie lachte auf eine Weise, die ihm ebenfalls nicht zusagte.

Glaubte sie denn wahrhaftig, der Prinz würde die Tochter eines Henkers heiraten? War sie derart einfältig? Hatte er sich bei dem ersten Treffen denn so in seiner Wahrnehmung geirrt? Dasselbe Gefühl, das er beim Verlassen des Schlosshofes gehabt hatte, meldete sich wieder in ihm. Etwas war falsch.

„Ich bin sicher, dass Hektor das bekommt, was er will", bemerkte Viktor ausweichend. „Ob das tatsächlich eine Heirat sein wird, vermag ich nicht zu sagen."

Bislang hatte er nur von Hektors Rolle bei der Wette berichtet, nicht aber von der, die er selbst spielen sollte. Er umfasste in der Tasche den Kamm, den er von seiner Mutter bekommen hatte.

„Ich wäre gerne dabei", sagte Tonja, „und würde Mäuschen spielen."

Sie warf ihm einen Blick zu, der ebenfalls nicht zu ihr passte. Lag dahinter eine verführerische Absicht? Er ging ein wenig auf Abstand zu ihr.

„Es wird spät. Du kennst jetzt die Wahrheit. Lass mich dich zur Hütte zurückbringen."

„Nimm mich mit in die Stadt!", forderte Tonja. „Vielleicht kann ich meine Schwester zuvor noch sehen und ihre wahren Gefühle erfragen."

„Ich denke, du solltest lieber eine Nacht darüber schlafen. Ich muss gleichermaßen einiges bedenken."

„Ich werde nicht schlafen können. Bitte, bring mich noch heute in die Stadt!"

Ihr Blick war wild und voller Ungeduld. Obwohl darin durchaus ein gewisser Reiz lag, irritierte es Viktor.

„Wozu die Eile? Er wird deine Schwester fraglos nicht umgehend um ihre Hand bitten, sondern erst einmal etwas Zeit mit ihr verbringen. In einigen Tagen findet im Schloss ein Ball statt. Bis dahin wird nichts geschehen, von dem nicht die ganze Welt erführe."

„Du verstehst nicht, ich muss ihr dringend sagen, was ich darüber denke."

„Kann sie denn nicht für sich selbst entscheiden?"

Das war alles äußerst sonderbar. Tonja wirkte einen Augenblick verwirrt, dann lachte sie wieder. Es klang unnatürlich.

„Sicher. Selbstverständlich kann sie für sich selbst entscheiden. Aber ich bin die Ältere. Unsere Mutter ist schon lange tot. Mein Rat ist für sie ungeheuer wichtig."

„Und was würdest du ihr raten?"

„Sie soll sich ja nicht anstellen, sondern machen, was der Prinz von ihr verlangt. Sie sollte sich nicht spröde und bissig geben, sondern charmant und einfallsreich. Im Zweifel immer seinen Wünschen nachgeben."

Ihre törichten Worte und die Art, wie sie diese durch Gesten untermalte, lehnte Viktor ab.

Er wandte sich ab.

„Ich kehre zu meinem Pferd zurück und schlage auf der Wiese ein Lager für die Nacht auf. Du kannst mit mir zurückgehen oder hierbleiben. Ich jedenfalls reite morgen früh in die Stadt zurück."

Entschieden ging er los.

Rollenspiel

Die Ankleideprozedur besaß nicht annähernd die Romantik, die sich Tonja in ihrer Fantasie ausgemalt hatte.

„Die Taille einer ordentlichen Frau muss so schmal sein, dass ein normaler Mann sie mit beiden Händen umfassen kann", sagte die alte Dienerin, während Tonja nach Luft rang. Ihr schwindelte, doch sie kämpfte tapfer dagegen an, umzukippen.

Der Blick in den Spiegel erzeugte doppelte Schmerzen. Die Reflexion zeigte ihr eine Fremde. Hatte sie zuvor geglaubt, sie könne die Rolle ihrer Schwester spielen, so kam es ihr mittlerweile so vor, als erdrücke diese Gestalt ihr wahres Ich wie das Korsett ihre Lunge. Hinzu kam die Angst vor den unklaren Erwartungen des Prinzen.

Im Anschluss an das Einkleiden widmeten die Frauen sich ihren Haaren. Auch dabei waren die Zofen nicht zimperlich zugange. Sie zogen an ihnen und kämmten sie derbe durch. Dann legten sie Locken mit einem heißen Stab, drehten Strähnen zu Kordeln, stachen ihre Kopfhaut mit Haarnadeln und stopften Stoffblüten in ihr Haar, als sei sie ein Blumenbouquet. Oder ein Truthahn. Oder ein ande-

84

res Festmahl, dessen Zweck darin bestand, aufgefressen zu werden.

Später brachte ein Diener sie in einen Flur, der so breit war, dass er selbst als Wohnraum hätte genutzt werden können. Vor sich sah Tonja eine zwei Mann hohe schwere Flügeltür aus dunklem Holz mit schmiedeeisernen Beschlägen. Sie blieb geschlossen. Daneben gab es eine weitere Doppeltür in gleicher Gestaltung, jedoch in geringerer Höhe. Vor dieser wartete Prinz Hektor.

Er sah sie kritisch an, wirkte aber zufrieden mit dem Ergebnis. Dezent nickte er einem Diener zu und die Türen wurden geöffnet.

Mit den Worten „Dies ist Prinzessin Flareja aus der Grafschaft Schone in Gelten" stellte Hektor sie beim Eintreten in den Speisesaal vor. Er schien seinen Auftritt mit einer unbekannten Prinzessin aus fernen Landen zu genießen, denn seine Stimme hatte einen selbstgefälligen Klang.

Der König sah von dem Ende der Tafel auf. Auf seinem Gesicht spiegelte sich ein gewisses Wohlwollen und auch die Königin musterte Tonja mit Interesse.

Nur ihre Schwester Felia hatte den König von Weossuno bereits einmal zu Gesicht bekommen. Tonja hingegen sah ihn zum ersten Mal und musste ihre unverhohlene Neugier zügeln, um ihn nicht anzustarren. Sein gutes Aussehen hatte Hektor vom Vater geerbt. Ob der oberflächliche und eitle Charakter daher von seiner Mutter stammte, vermochte Tonja im Augenblick nicht zu ergründen.

Jahrelang hatten die Schwestern im Wald spielerisch den Hofknicks geübt, gelacht, rumgealbert und ihre grasbefleckten Kleider angehoben, um einander Ehrerbietung zu bezeugen. Mit aller Konzentration bemühte sich Tonja nun im Körper ihrer Schwester Felia, einen solchen Knicks zu absolvieren. Wenngleich er sicherlich keineswegs perfekt war, wurde er akzeptiert.

„Willkommen an unserer Tafel, Prinzessin Flareja von Schone aus Gelten. Schönheiten Eures Standes sind uns jederzeit willkommen."

Der König schenkte ihr ein verhaltenes Lächeln. Dieses gefror, als der Blick auf seinen Sohn fiel. Mit verächtlicher Stimme sagte er: „Es scheint, du kommst endlich zur Besinnung, mein Sohn."

Tonja spürte eine abrupte Veränderung in Hektors Wesen. Das Draufgängerische, fast Bedrohliche in seinem Auftreten war mit einem Schlag verschwunden, fiel in sich zusammen wie ein Blasebalg. Sie sah, wie er versuchte, die Enttäuschung über die kalte Reaktion des Vaters zu überspielen, als er sie zügig an einen freien Platz an der Tafel führte.

„Was führt Euch in die Hauptstadt?", eröffnete die Königin das Gespräch, darum bemüht, ein unangenehmes Schweigen zu überbrücken.

Tonja überlegte, was ihre Schwester in dieser Situation geantwortet hätte. Felia wäre gewiss sogleich eine abenteuerliche Lügengeschichte eingefallen. Abrupt hob sie den Kopf und sprach die Königin selbstbewusst an.

„Ich bin hierher gekommen, um das Herz Eures Sohnes zu gewinnen, denn ich will Königin werden."

War dieser Satz gerade tatsächlich ihrem Mund entwichen? Sie musste verrückt geworden sein! Ihr Herz flatterte wie ein aufgeregter Vogel, hämmerte gegen die Gitterstäbe in ihrem Brustkorb.

Die Königin riss erstaunt die Augen auf. Der König ließ sein Messer, auf dem ein beachtliches Stück Taubenfleisch aufgespießt war, sinken. Jenes spannungsgeladene Schweigen, das vermieden werden sollte, erfüllte nun erst recht die Luft. Hektor wandte den Kopf zu ihr, doch sie konnte seine Reaktion nicht deuten. Erst als er wieder wegsah, bemerkte sie ein verhaltenes Lächeln.

Aus dem anfänglichen Erstaunen der Königin erwuchsen Unmut und Zorn. Sie schnappte nach Luft. Offenbar fehlten ihr die Worte für eine solche Dreistigkeit. Der König fasste ihre Hand, was ihr eine Antwort ersparte. Er blickte Tonja grimmig an.

„Trefflich!", sagte er. „Ob Ihr allerdings ein Herz finden werdet ... Jedenfalls ist erfreulich, wenn mein Sohn eine Frau an seiner Seite hat, die genau weiß, was sie will, und keine Hemmungen hat, es einzufordern. Wenn es Euch gelingt, dass sich mein Sohn auf die Belange des Reiches und nicht nur auf Dummejungenstreiche konzentriert, möget Ihr Euch meines Wohlwollens gewiss sein."

Er schwieg bedeutungsvoll. Tonjas Aufregung wurde durch ein ungeheures Hochgefühl abgelöst. Jetzt war es an ihr, verhalten zu lächeln. Der König sprach weiter.

„Vorerst habt ihr beiden meine Genehmigung, Zeit miteinander zu verbringen. Ich werde veranlassen, dass man umgehend eine Nachricht mit einer Einladung zum Maiball an Eure Familie sendet. Meine endgültige Entscheidung über eine mögliche Verbindung unserer Sippen fälle ich zu einem späteren Zeitpunkt. Zunächst haben die Hinrichtungen der Widerständler und der Hexen Vorrang."

Bei der Erwähnung der Hexen krampfte sich in Tonjas Innerem kurz etwas zusammen, Sie fühlte sich flau und leicht benebelt.

Der König, der davon nichts bemerkte, redete weiter. „Bis dahin werde ich prüfen lassen, ob Ihr, werte Prinzessin, würdig seid, den Prinzen von Weossuno zu ehelichen. Schonen in Gelten liegt, soweit mich meine geografische Kenntnis nicht täuscht, in etwa eineinhalb Tagesritte entfernt. Genug Zeit, für die Anreise Eurer Anverwandten."

Tonja nickte. Eine Nachricht an eine Familie schicken, die es nicht gab. Wie sollte das geschehen?

„Ich kümmere mich darum und werde die Einladung mit einer Taube senden", sagte Hektor sofort. Dieses Problem war also vorerst gelöst.

„Dann ist es so beschlossen", beendete der König das Gespräch. Er schnippte mit dem Finger und ein Barde hob zum Gesang unter Begleitung durch seine Laute an.

Das weitere Mahl verlief schweigend. Obgleich zahlreiche exquisite Speisen kredenzt wurden, hatte Tonja aufgrund ihrer Gefühlswirrungen vollständig den Appetit verloren.

Täuschung

„Wo bist du gewesen, Felia?", herrschte der Vater sie an, als Tonja nach dem Essen in die Gesindekammer zurückkehrte. „Und was trägst du da für Kleider? Bist du unter die Zirkusleute gegangen?"

Er musterte sie voller Zorn und Entsetzen. Beides wich sogleich aus seinem Gesicht, als hinter Tonja Prinz Hektor eintrat.

Edmund Wetter verneigte sich.

„Verzeiht, Königliche Hoheit. Ich entschuldige mich, falls meine Tochter Felia Euch auf irgendeine Weise unangenehm belästigt haben sollte."

Dass der Vater so schlecht von Felia dachte, stimmte Tonja traurig. Hektor hob beschwichtigend die Hand.

„Ich muss dich um Verzeihung bitten, Henker. Ich entführte heute früh deine Tochter, um etwas angenehme Gesellschaft zu haben. Sei unbesorgt, außer einigen Zentimetern in der Taille fehlt ihr nichts. Im Gegenteil. Vielleicht hat sie sogar einiges dazugewonnen. Zum Beispiel meinen Respekt."

89

Der Vater zog erstaunt die Augenbrauen hoch. Das wunderte Tonja nicht. Dass ihre Schwester Felia einmal den Respekt eines Mannes gewinnen könnte, lag wohl jenseits seiner Vorstellungskraft. Zu der Traurigkeit, die sie bereits empfand, gesellte sich Wut über seine Geringschätzung gegenüber ihrer Schwester.

„Ich will dich bitten, Edmund Wetter", fuhr Hektor fort, „mir die Gunst der täglichen Gegenwart deiner Tochter während deines Aufenthalts hier zu gewähren."

Der Henker blickte zu Tonja. Er schien mit sich zu ringen.

Ihr Vater war ein stolzer Mann und maß seinem Tun eine hohe Bedeutung zu. Er sorgte für Gerechtigkeit und Sühne. Er erlöste manch Gefolterten von seinem Leid und erfüllte diese Aufgaben, die ihm keine Freude bereitete, im Namen des Königs. Die Todgeweihten waren schuldig nach dem geltenden Gesetz, ob er es guthieß oder nicht.

Edmund Wetter richtete sich zu seiner vollen Größe auf und der Prinz bemühte sich gegenzuhalten. Hektor war nur ein bisschen kleiner, aber natürlich wesentlich jünger. Tonja schätzte ihn auf vier- oder fünfundzwanzig Jahre. Doch sie bemerkte die ungeheure Würde, die ihr Vater ausstrahlte, und auch die Ehrfurcht, die der Prinz ihm entgegenbrachte.

„Wenn es Eure Hoheit gestatten, würde ich gerne ein Wort alleine mit meiner Tochter wechseln, bevor ich eine endgültige Entscheidung fälle."

„Selbstverständlich", sagte Hektor und ging hinaus.

Der Vater sank auf die Kante seiner Schlafstatt und wirkte mit einem Mal gebeugt und kein bisschen furchterregend mehr.

„Ich heiße das nicht gut", sagte er kopfschüttelnd.

Tonja konnte das nachvollziehen, doch sie war sich sicher, dass ihre Schwester Felia genau das wollen würde: sich in der Nähe des Prinzen aufhalten, ein geheimes Spiel

90

spielen, außerhalb der Kontrolle des Vaters. Sie selbst – Tonja – hatte schon jetzt ausreichend viel erlebt. Die Stadt an sich wollte sie gar nicht mehr erkunden. Ihr Bedarf an Aufregung war schneller gedeckt gewesen, als sie es gedacht hätte. Sie wollte so bald wie möglich in die heimatliche Hütte, an ihren Bach und vor allem in ihren alten Köper zurück.

Sie wusste nicht genau, was der Prinz im Schilde führte. Bestand ein wahrhaftiges Interesse an Felia und hatte er gar tatsächlich die Absicht, um sie zu werben? Wie würde er dann aber erklären, dass sie keine Prinzessin war, sondern die Tochter des Henkers? Oder sann er lediglich danach, sie zu verführen? Dafür hätte er sie dem König nicht als herausgeputzte Prinzessin präsentieren müssen. Das alles war zutiefst rätselhaft.

Sie seufzte und versuchte, im Interesse ihrer Schwester zu handeln.

„Du willst mich doch verheiraten oder – was ich absolut nicht wünsche – in ein Kloster schicken", sagte sie zu ihrem Vater. „Ist es denn nicht bemerkenswert, dass der Prinz sich für mich interessiert?"

Ihr Vater stand auf, massierte seine riesigen Hände und knackte mit den Knöcheln. Er dachte nach.

„Bemerkenswert, das ist es durchaus. Felia, du bist gutgläubig. Der Prinz hat keine seriösen Absichten. Niemals wird ein Königssohn die Tochter eines Henkers ehelichen. Und dass er rein platonisch deine Gesellschaft sucht, wage ich zu bezweifeln."

Er hatte vollkommen recht, aber Felia wäre für solche Argumente nicht zugänglich gewesen.

„Vater, ich weiß, du denkst nicht gut von mir. Ich war nie fleißig, tugendhaft oder stark genug. Alles Eigenschaften, die du bei Tonja schätzt. Aber ich bin dennoch deine Tochter und trage deine Stärke in mir. Ich werde nicht zulassen, dass der Prinz mir etwas tut, was mir missfällt. Wenn deine Arbeit hier getan ist, werde ich niemals wieder einer Welt wie dieser nahekommen. Nicht, wenn ich die Frau eines Bäckers, Müllers oder Schneiders werden sollte. Und schon gar nicht, wenn sich die ewigen Tore des Klosters hinter mir schließen. Darum bitte ich dich, gewähre mir diese Zeit. Sie kommt kein zweites Mal."

Der Vater sah sie lange an.

„Du hast genauso gesprochen, wie deine Schwester es tun würde", sagte er. Verwunderung, Schmerz und Angst schwangen in seiner Stimme mit. „Deine Schwester und du, ihr seid alles, was mir von eurer Mutter geblieben ist, und vielleicht wunderst du dich, warum ich insbesondere zu dir, die du ihr so ähnlich bist, so hart bin. Aber ich kenne meinesgleichen. Die meisten Männer sind schlecht. Viele derer, die die Wucht meiner Axt zu spüren bekommen, haben Verbrechen an jungen Frauen wie dir begangen. Allein die Möglichkeit ... Deshalb bin ich so um deine Sicherheit bedacht."

Tonja wusste darauf nichts zu sagen. Ein wenig betrübte es sie, dass er davon ausging, ihr wahres Ich – die echte Tonja – müsse nicht auf die gleiche Weise beschützt werden wie Felia.

„Bei deiner Schwester weiß ich zumindest, dass sie sich zu wehren weiß", fuhr ihr Vater fort. „Bei dir bin ich mir da nicht so sicher." Dann korrigierte er sich. „Na ja, zumindest war ich es nicht, bis ich dich eben so sprechen hörte."

Er ging zum Fenster und sah hinaus.

„Drei Tage. Genau genommen nur noch zwei, denn der heutige ist ja bereits fast vorbei. Und ich erwarte, dass du sittsam und tugendhaft bist, dass du dein Temperament zügelst und du dich zu nichts hinreißen lässt. Hast du das verstanden, Felia?"

Tonja nickte.

92

„Ich werde dir keine Schande bereiten."

Er nickte, eher verzweifelt als überzeugt.

„Dann geh und lass den Prinzen auf die Antwort nicht länger warten."

Tonja trat vor die Tür. Dort stand Hektor an die hölzerne Balustrade gelehnt. Ihr schwindelte es kurz, doch dann verdrängte sie die Furcht vor dem Abgrund unter sich, indem sie sich auf Hektor konzentrierte.

„Er ist einverstanden."

„Und du? Bist du es auch?"

Sie wich einer Antwort aus.

„Ich dachte, du willst mich erbeuten wie ein Reh?"

Er sagte nichts dazu.

„Du hast meinen Vater beeindruckt. Das ist nicht vielen Frauen gelungen."

Tonjas Eingeweide krampften sich zusammen. Wer von ihnen beiden war das gewesen, der durch die forsche Aussage den König beeindruckt hatte: sie selbst oder sie in ihrer Rolle als Felia? Die Grenzen verschwammen offenbar allmählich.

„Ich bin ebenfalls einverstanden", beantwortete Tonja seine Frage. „Doch irgendwann wirst du erklären müssen, wer ich wirklich bin. Und morgen wirst du mir sagen, was du vorhast."

„Ach, werd' ich das?"

„Gute Nacht, Hoheit."

Diesmal fiel ihr der Knicks schon leichter. Schnell huschte sie zurück in die Sicherheit der Gesindekammer und schloss die Tür über dem tiefen Abgrund.

Innen

Felia wälzte sich unruhig auf ihrem Bett hin und her. In der Nacht erwuchs die Frage, ob diese Situation für immer so bleiben würde, wie eine giftige und dornige Pflanze in ihrem Innersten. Es ließ ihr keine Ruhe.

Trotz der Vorhänge schien der volle Mond wie eine zweite Sonne ins Schlafgemach. Es gab keine einzige Wolke am sternenklaren Firmament, die das Gestirn abgedunkelt hätte. Gnadenlos und kalt erhellte er das Zimmer und drang in ihren Geist.

Da erinnerte sie sich erneut an Tonjas seltsame Äußerung nach ihrem Körpertausch.

„Du hast meine Kraft erhalten."

Was hatte sie nur damit gemeint? Kurz darauf, während des Streites, hatte es diesen Lichtblitz gegeben. Warum hatte sie bloß ihre Schwester nicht danach gefragt?

Sie setzte sich auf. Alles war schrecklich verdreht. Es gab offenbar keinen Ausweg. Vielleicht sollte sie Viktor einfach die Wahrheit sagen? Möglicherweise wusste er ja Rat.

Im nächsten Moment schon verwarf sie den Plan. Sie musste unbedingt zuvor mit der Schwester sprechen. Und

94

am besten sagte sie so wenig wie möglich. Brütendes Schweigen war ein Wesenszug von Tonja, den sie mit dem Vater teilte, während die Stille Felia in den Wahnsinn trieb.

Sie war erleichtert, am Morgen in die Stadt zu kommen. Das wuselige Treiben dort würde helfen, sie zur Ruhe kommen zu lassen. In der Stille waren ihre Gedanken zu laut.

Die Vorstellung von dem bunten Markttreiben, den schönen Ständen mit Schmuck und Stoffen entspannte sie und bald schlief sie ein. Doch vor der Dämmerung wachte Felia auf, schweißgebadet und ruhelos. Sie erhob sich, kleidete sich an und schürte das Feuer in der Stube.

Mit einem Becher warmen Kräutertee in der Hand trat sie auf die taubenässte Wiese und ging zu Viktors Lager. In eine Pferdedecke eingewickelt, starrte er mit offenen Augen in den verblassenden Sternenhimmel.

„Guten Morgen. Ich habe Tee zubereitet."

Viktor wandte den Kopf, setzte sich ruckartig auf, nahm den Becher, den sie ihm hinhielt, und massierte mit der anderen Hand seinen Nacken.

„Du hättest im Haus nächtigen können."

„Das wäre nicht anständig gewesen."

Felia biss sich auf die Lippen. Schon wieder. Natürlich: Anständigkeit, Rechtschaffenheit, Ehrlichkeit. Alles Tonjas Attribute. Aber die Wahrheit konnte sie ihm auch nicht einfach unverblümt sagen. Er würde sie direkt in ein Tollhaus bringen.

„Du hast recht!", sagte sie deshalb ernst. „Ich würde jedenfalls gerne schnellstens aufbrechen."

Er nickte.

Sie kehrte ins Haus zurück und bemühte sich, in Tonjas Kleiderschrank etwas zu finden, was sie in der Stadt tragen konnte. Danach durchwühlte sie ihren eigenen Schrank und suchte dort einige Kleidungsstücke zusammen. Am Ende hatte sie ein stattliches Bündel geschnürt.

„Ich hätte dich nicht für die Art Frau gehalten, die sich mit allerlei Überflüssigem belädt", bemerkte Viktor.

„So viel ist es auch nicht", entgegnete Felia und überlegte, wie wohl ihre Schwester argumentieren würde. „Ich möchte nur auf alle Möglichkeiten vorbereitet sein."

Viktor nahm die Zügel und es ging los.

Nachdem sie eine lange Zeit nahezu wortlos nebeneinander hergelaufen waren, hielt es Felia nicht mehr aus.

„Du hast mir noch nicht gesagt, was dein Einsatz bei dieser Wette ist."

„Ich soll dich freien", lautete die prompte Antwort.

Felia stutzte. Wenn er ihr den Hof machen sollte, weshalb gab er sich dann so abweisend?

„Ist das deine Vorstellung von Werben? Schweigsam voranzugehen? Einer Frau mitzuteilen, dass sie und ihre Schwester nichts weiter sind als Teil einer Wette? Eines Spiels?"

Das war gut, dachte sie. Genau so hätte Tonja vermutlich gesprochen. Tatsächlich entsprachen diese Worte aber auch ihren Gedanken. In manchem waren sie sich dann doch nicht so unähnlich. Da Viktor nicht gleich antwortete, hatte sie Zeit darüber nachzudenken, ob Tonja den jungen Mann wohl mochte. Hatte er nicht gesagt, ein Leben im Wald in einer einsamen Hütte sei ihm eine angenehme Vorstellung? Tonja hätte das gefallen.

„Du bist anders, als ich es nach unserem ersten Treffen vermutet hatte", erklärte Viktor.

„Du meinst hässlich?", platzte es aus Felia heraus. Im nächsten Moment schalt sie sich. Wie konnte sie nur so etwas laut aussprechen?

Viktor blieb abrupt stehen.

„Du bist keineswegs hässlich!"

96

Er sagte dies sehr vehement, wie Felia bemerkte, trotzdem sprach sie weiter.

„Keineswegs hässlich ist nicht dasselbe wie schön."

„Schönheit ist für jeden etwas anderes. Ohne Tugenden wie Ehrlichkeit, Vertrauenswürdigkeit und Klugheit ist eine schöne Frau nur eine leere Hülle."

„Jeder Mann will eine schöne Frau."

„Woher nimmst du diese unglaubliche Überzeugung, genau zu wissen, was jedermann will?"

„Ich weiß es eben."

Viktor ging wortlos weiter, was Felia wahnsinnig machte.

„Sag etwas", forderte sie.

Er schwieg weiter.

„Sag mir, was du denkst!", forderte sie, nun mit etwas lauterer Stimme.

Wütend drehte er sich zu ihr.

„Ich denke, dass dein Charakter hässlich ist."

Dann ging er weiter.

Felia verschlug es die Sprache und sie blieb geschockt stehen. Erst nachdem sich Viktor ein Stück weit entfernt hatte, ging sie ihm nach.

Ihr Charakter, also ihr Innerstes. Das war sie – Felia. Und nicht Tonja, in deren Körper sie sich befand. Und das, ihr inneres Wesen, hatte er als hässlich bezeichnet.

23.

Außen

Dieses Mal wurde Tonja erst nach dem Frühstück von Jade abgeholt und in einen Salon gebracht, der sich auf der Rückseite des Schlosses befand.

Breite, offene Flügeltüren mit wehenden Vorhängen gaben den Blick frei auf eine Terrasse, von der aus eine gewundene Steintreppe in einen Park führte. Überall in der weitläufigen Anlage arbeiteten Gärtner daran, Hecken zu trimmen, einen Teich von Algen zu befreien und verblühte Rosenblüten von Gitter umrankenden Stöcken abzuschneiden. Hohe Weiden wogten im Wind, und vor Säulenzypressen, die als schattenspendende Gruppen gesetzt waren, luden Bänke zum Verweilen ein.

„Gefällt es dir?", fragte Hektor.

„Es ist prachtvoll", antwortete Tonja mit wenig Begeisterung in der Stimme.

„Das klingt nach einem Aber."

„Ich bevorzuge die Natur, wie sie im Wald wächst. Unbeschnitten."

98

„Dein Vater wird sicherlich das ein oder andere Mal seine Axt in einen Baum geschlagen haben. Allein, um genug Feuerholz für den Winter zu horten."

„Bis dahin aber ist ein Baum viele Jahre gewachsen, wie es die Natur vorgab. Er wird nicht gefällt, nur um Platz für eine Steinbank zu machen, oder beschnitten, nur um gefällig auszusehen."

„Bist du eine Hexe?"

Tonja erschrak. „Bitte?" Die Konversation hatte eine gefährliche Wendung genommen.

„Nun, gleich erzählst du mir etwas von geheimnisvollen Nymphen und Feen im Wald, Göttern und Göttinnen der Antike, der Allmacht der Natur und von Heilkräutern. Das ist doch Altweibergeschwätz! Du bist viel zu anziehend, um so ein dummes Zeug zu quatschen."

Was Letzteres mit Ersterem zu tun haben sollte, verstand Tonja zwar nicht. Sie begriff aber, dass es klüger war, nicht weiter von solchen Dingen zu reden.

Felia hätte vermutlich begeistert gekichert, den Garten mit den schönsten Komplimenten bedacht und alles dafür getan, Hektor zu gefallen. Langsam ahnte Tonja, worum es hier wirklich ging: Der Prinz zeigte ihr all seine Reichtümer und erwartete von ihr widerspruchslose Bewunderung.

Diese Rolle zu spielen, fiel ihr zunehmend schwer.

Hektor trat auf die Terrasse. Sie straffte sich und folgte ihm.

Die Sonne schien ihr ins Gesicht und doch hatte sie das Gefühl, als ob sich alles verdunkelte. Sie nahm ihren ganzen Mut zusammen und fragte, was sie wissen wollte.

„Warum bin ich hier? Weshalb hast du mich deinen Eltern als eine Prinzessin vorgestellt?"

Er schwieg und sah sie an. Ihr fröstelte trotz der wärmenden Sonnenstrahlen. Sie hielt seinen Blick kaum aus, da der Ausdruck der Kälte in seinen Augen im Widerspruch zu ihrer Schönheit stand.

Sie schaute zum hinteren Bereich des parkähnlichen Gartens, in dem eine ganze Reihe zu Tieren geformte Buchsbäume standen. Dort sah sie die Königin mit ihren Kammerzofen umherspazieren. Hektor bemerkte sie ebenfalls, setzte ein unbekümmertes Lächeln auf, reichte Tonja den Arm, den sie widerwillig nahm, und führte sie die Stufen von der Terrasse auf den kiesbestreuten Weg hinunter. Er steuerte direkt in Richtung seiner Mutter.

„Prinzessin Flareja, seid gegrüßt!", eröffnete die Königin das Gespräch, nachdem die höfischen Knickse und Ehrerbietungen erbracht worden waren. „Es ist ein wunderbarer Tag für einen ausgedehnten Spaziergang heute, nicht wahr?"

„Oh ja, Eure Hoheit." Tonja bemerkte die abschätzigen Blicke, mit denen die Begleiterinnen sie bedachten.

„Es gibt Neuigkeiten, Mutter", sagte Hektor.

„Ach ja?", erwiderte die Königin mäßig interessiert.

„Wir haben eine Antwort von Flarejas Familie erhalten."

Tonja musste sich zusammenreißen, damit ihre Beine nicht nachgaben. Eine weitere Lüge, mit der er sie in den Abgrund riss. Im Zweifelsfall würde er unbeschadet aus dieser Täuschung herauskommen, doch man würde sie – und das vollkommen zu Recht – fragen, weshalb sie nicht die Wahrheit gesagt hatte. Sie beging Hochverrat.

„Ist alles in Ordnung mit Euch?", fragte die Königin ehrlich besorgt. „Ihr seht so blass aus, Prinzessin."

Tonjas Verzweiflung stieg ins Unermessliche.

„Es ist nichts, nur ein kleiner Schwindel."

Sie fächerte sich mit der Hand Luft zu. Die Königin schnippte mit den Fingern und eine Zofe reichte ihr einen Fächer.

100

Hektor tat bekümmert, aber dachte offensichtlich nicht daran, sie aus der Misere zu retten.

„Es ist nur ...", stotterte Tonja. Die Königin sah sie erwartungsvoll an. Mit dem Mut der Verzweiflung fuhr Tonja fort: „Es ist nur meine Mutter, wisst Ihr? Sie ist ..."

Hektor redete irgendetwas dazwischen, doch seine Mutter hob die Hand und hieß ihn schweigen.

„Was ist mit Eurer Mutter? Sprecht!" Die Königin führte sie fürsorglich zu einer der vielen Steinbänke und bedeutete ihr Platz zu nehmen. Sie setzten sich.

„Sie ist schwer krank und kann deshalb nicht zu dem Ball kommen", sagte Tonja. „Und Vater liebt sie so schrecklich, sodass er ohne sie nirgendwohin geht."

Langsam wurde Tonja warm mit dem Intrigenspiel. Von der Königin unbemerkt, blitzte sie den Prinzen an.

„Sie flehen mich an, nach dem Ball schnellstmöglich in die Heimat zurückzukehren."

Etwas war in ihr erwacht. Sie sah das Missfallen in Hektors Miene und begriff, dass sie die Oberhand gewonnen hatte. Sie hatte die Lügengeschichte zu der ihren gemacht und sich selbst zu einem Ausweg verholfen. Die Königin glaubte ihr und war voller Mitgefühl.

„Gibt es irgendetwas, das ich für Euch und Eure Familie tun kann?" Hatte die Regentin tatsächlich vergessen, dass Tonja ihr noch am Abend zuvor den Thron hatte streitig machen wollen? Oder war sie nur erleichtert, dass die Bedrohung ihrer Machtposition durch ihre Person bald verschwinden würde? Jedenfalls tätschelte die Königin ihre Hand, als Tonja ein herzzerreißendes Schluchzen hören ließ. Eine der Zofen reichte ihr ein Taschentuch.

„Ihr seid zu gütig, Majestät", antwortete Tonja, schnäuzte in das Taschentuch und hielt es dann der Dienerin hin, die es widerwillig zurücknahm. „Doch meine Eltern sind bei ihrem Hofmedikus in besten Händen und es mangelt ihnen an nichts. Ich danke Euch jedoch vielmals für Euer großzügiges Angebot und werde meinen Eltern hochlobend von Eurer Besorgnis berichten."

Hektor räusperte sich. Er wirkte sichtlich genervt.

„Ich hatte gehofft, Flareja mit dem Spaziergang von ihren Sorgen ein wenig abzulenken", sagte er, offenbar, um anzudeuten, dass er mit Tonja allein sein wollte.

Die Königin erhob sich.

„Natürlich, mein Sohn. Sei lieb zu ihr. Eine kranke Mutter ist das Schlimmste, was einem passieren kann."

Er lächelte gequält und alle verabschiedeten sich.

24.

Tavernengespräch

In der Stadt angekommen, schlang sich Felia einen seidenen Schal um den Kopf. Ein Teil des Stoffes verhüllte die Gesichtshälfte mit dem hängenden Auge, doch diese Maßnahme erwies sich als überflüssig. Ohne den Vater, den berühmt berüchtigten Henker Edmund Wetter, blieb Felia vollkommen unerkannt.

Zudem wusste niemand in der Stadt, wie die ausgewachsene Tonja aussah, in deren Körper Felia vorbeikam, und deshalb schenkte man den beiden Ankömmlingen kaum Beachtung. Hin und wieder warfen die Leute einen respektvollen Blick auf Viktor, der eindeutig ein Edelmann war und ein auffallendes Pferd führte.

Bald kam das Schloss in Sicht, doch Viktor verlangsamte seinen Schritt.

„Was ist?", fragte Felia. „Angst, dich als Verlierer zu präsentieren?" Warum konnte sie nicht damit aufhören, ständig zu sticheln? Das war bestimmt ein Grund, weshalb Viktor sie nicht leiden konnte. Er ignorierte ihre Gemeinheit.

„Was genau gedenkst du zu tun, wenn du da bist?", fragte er. „Ich möchte mich ungern mit deinem Vater duellieren, weil ich dich aufgesucht und dann auch noch mit nach Ehrenberg gebracht habe."

„Ich werde sicherlich nicht zu meinem Vater rennen", entgegnete Felia. „Ich weiß nicht. Ich werde versuchen, Tonja zu finden."

„Tonja?", fragte Viktor irritiert.

„Felia. Ich sagte Felia."

„Nein, du sagtest, du willst Tonja finden."

„Warum sollte ich Tonja gesagt haben? Du musst dich verhört haben", antwortete Felia schnell. Wie hatte ihr nur so ein unbedachter Fehler unterlaufen können?

Sie standen mitten auf der Straße und wurden immer wieder angerempelt. Vor allem Felia stieß man hin und her und bedachte sie mit harschen Tönen.

Abrupt führte Viktor das Pferd an die Seite, band es an einem Unterstand an und betrat eine Taverne. Felia folgte ihm schnell.

Es war Nachmittag und nur wenige Trunkenbolde kauerten in finsteren Nischen. Die meisten Tische waren leer. Viktor nahm in der dunkelsten Ecke Platz und setzte sich so, dass er jeden sehen konnte, der hereinkam. Felia ließ sich ihm gegenüber auf einem Stuhl nieder, den Schankraum im Rücken. Der Wirt kam herbei, wischte flüchtig mit einem dreckigen Tuch über den Tisch, nahm die Bestellung auf und verschwand wieder.

Im schummrigen Licht der Kaschemme – Viktor schob leicht angewidert übriggebliebene Krümel zu Seite –, fand Felia so langsam Gefallen an der bislang ungekannten Freiheit. Und zudem ein wenig an Viktor. Sie musste an den Kuss denken, den er ihr geraubt hatte.

„Was muss ich tun, damit du nicht mehr denkst, ich sei innerlich hässlich?", fragte sie.

104

Er schüttelte müde den Kopf.

„Zum Beispiel keine Fragen wie diese stellen."

Ein weiterer Fehler. Hätte sie doch bloß ihren Körper zurück und die Gewissheit ihrer Attraktivität. Ihr wären zweifelsfrei Wege eingefallen, ihn für sich zu gewinnen. Aber so schien es zwecklos.

Doch im nächsten Moment überfielen sie Zweifel. Er mochte ihren Charakter nicht, obwohl sie sich so große Mühe gab, sich wie Tonja zu verhalten.

„Du hast mir noch immer nicht gesagt, was du eigentlich mit deiner Schwester bereden willst", sagte Viktor.

„Was interessiert dich das? Wir sind doch bloß Figuren bei einer Wette. Und zudem nanntest du mich innerlich hässlich."

Er sah sie verständnislos und genervt an. Einige Male schien er etwas sagen zu wollen, unterließ es aber.

Der Wirt brachte das bestellte Essen. Sie speisten und am Ende warf Viktor reichlich Taler auf den Tisch, stand auf und ging hinaus. Felia folgte ihm, weil sie nicht wusste, was sie sonst hätte tun sollen.

Viktor nahm das Pferd am Zügel.

„Du bist, wie gewünscht, in der Stadt. Ab jetzt bist du auf dich gestellt." Er saß auf.

„Warte!", rief Felia. Damit hatte sie nicht gerechnet. „Du willst mich alleinlassen?"

„Das Schloss ist nicht zu übersehen." Er zeigte auf den Prachtbau in der Ferne, der alles überragte.

„Warte, ich habe kein Geld für eine Unterkunft. Und ich weiß doch gar nicht, ob ich ... meine Schwester so schnell finde. Und dann weiß ich nicht, wo ich hin soll, und ... Bitte!"

Die letzten Worte hatte sie bereits im Laufschritt an ihn gerichtet, da er das Pferd bereits angetrieben hatte und losgetrabt war. Dem vornehmen Reiter wurde Platz gemacht und sie lief neben ihm her.

„Bitte!" Sie bekam es ehrlich mit der Angst zu tun. Abenteuer hin oder her, die Stadt war groß. Schon jetzt sah sie den ein oder anderen Halunken aus dem Schatten treten, der aussah, als wolle er ihr ein Übel antun. Sie dachte an die Worte ihres Vaters: „In der Stadt treiben viele Bärenmänner ihr Unwesen." Sie wollte ganz sicher nicht allein durch die Straßen irren und diesen in die Arme laufen.

„Ich sage dir auch alles!", rief sie schließlich. „Was ich denke und was ich zu tun gedenke, aber bitte, bitte, lass mich nicht allein!"

Viktor hielt das Pferd an. Er zögerte kurz, dann bot er ihr die Hand und zog sie hoch, sodass sie im nächsten Moment hinter ihm im Sattel saß. Sein Haar roch nach Rauch. Sie umklammerte ihn mit beiden Armen und schon bald fiel Windeseil vom Trab in den Galopp.

Als die beiden durch das Tor in den Schlosshof ritten, waren die Vorbereitungen für die Hinrichtungen in vollem Gange. Holz für die Scheiterhaufen wurde abgeladen und Zimmerleute hämmerten Podeste zusammen.

Felia überkam unwillkürlich ein heftiges Zittern. *Du hast meine Kraft erhalten*, hörte sie sich selbst sagen, aber es war ja Tonja gewesen, die so gesprochen hatte.

Sie saßen ab und Felia sackten die Beine weg. Viktor fing sie auf, befahl einem Knecht, ihm tragen zu helfen, und zu zweit brachten sie Felia in seine Gemächer. Dort legte er sie auf eine Ottomane und flößte ihr Wasser ein.

Als es ihr besser ging, drückte sie seine Hand.

„Ich kann dir im Moment nicht alles sagen, was ich denke oder zu tun gedenke, weil ich es selbst nicht weiß. Ich habe Fragen an meine Schwester, die nichts mit dir, dem Prinzen oder eurer Wette zu tun haben. Ich weiß aber, dass Felia Gefallen an dem Boten hatte, der vor zwei Tagen zu uns kam. Kannst du mir versichern, dass er ein Mann von Ehre ist, wie sein königlicher Name es verspricht?"

Zum ersten Mal wich Viktor ihrem Blick aus. Nach einigem Zögern schüttelte er den Kopf.

„Nein, das kann ich nicht. Ich glaube, dass er ... Ich werde dir helfen, sie zu finden. Hoffen wir, dass es noch nicht zu spät ist."

„Zu spät wofür?"

Viktor gab darauf keine Antwort, sondern schüttelte nur erneut den Kopf.

Felia bemühte sich, ihre Enttäuschung zu verbergen. Der Prinz hatte also niemals vorgehabt, ihr ernsthaft den Hof zu machen.

„Du siehst traurig aus", bemerkte Viktor.

„Das bin ich auch. Für meine Schwester", log Felia. „Sie hatte es sich so heftig ersehnt. Ihr größter Wunsch war es, aus der einsamen Hütte im Wald herauszukommen, die große weite Welt zu sehen ..."

... *und die Frau eines Prinzen zu werden*, dachte sie für sich, sprach es aber nicht aus.

Viktor betrachtete sie anders als zuvor.

„Du bist schön, wenn du ehrlich bist und keine Spielchen spielst", sagte er, entzog ihr aber seine Hand. „Ruh dich aus. Ich werde ein Gemach für dich herrichten lassen und den Prinzen suchen. Es ist das Beste, du bleibst hier. Ich bin bald zurück."

Sie nickte. Als er den Raum verlassen hatte, weinte sie ungehemmt über die bittere Wirklichkeit. Nach einer Weile gelang es ihr, sich zu fassen und den Kummer zu verdrängen. Sie setzte sich auf.

Sie konnte Viktor nicht allein nach dem Prinzen und ihrer Schwester suchen lassen. Und vielleicht irrte er sich ja, was Prinz Hektor anging.

25.

Im Labyrinth

Nachdem die Königin und ihr Anhang außer Sichtweite waren, ließ Prinz Hektor die Maske fallen.

„Du bist schlauer, als ich dachte."

„Ich verstehe nicht, was das alles soll", entgegnete Tonja. „Diese Lügen und Spielereien."

„Du bist überhaupt nicht so, wie ich dachte."

Er stapfte los und verschwand in dem Wäldchen aus Buchsbaumtieren. Tonja seufzte. Sollte sie ihm nachgehen? Was würde das bringen? Er würde sie immer mehr in sein Geflecht aus Unwahrheiten hineinziehen. Er war wie eine Spinne, in deren Netz sich eine unschuldige Fliege verfangen hatte. Sie war im Grunde jetzt schon zum Tode verurteilt.

Der Gedanke bereitete ihr Atemnot.

„Kommst du?" Hektor stand unterhalb von zwei Giraffen, deren Hälse umeinandergeschlungen waren. Ein kurzes Stück weiter hinten änderte sich die Gestalt der Pflanzen und es wurde deutlich, dass die Tiere den Eingang zu einem Labyrinth darstellten.

„Ich will dir nur noch einmal etwas Wunderbares zeigen. Folge mir und danach lasse ich dich in Ruhe", rief er und lächelte sie an.

Wenn er wollte, konnte er durchaus charmant sein, dachte Tonja. Zögernd ging sie in seine Richtung, während er bereits das Labyrinth betrat. Gerade noch sah sie ihn um eine Ecke verschwinden.

Vielleicht ließ er sie danach ja wirklich in Ruhe. Sie hätte das gewünschte Abenteuer erlebt und könnte später ihren Kindern und Kindeskindern erzählen, wie sie mit dem Feuer gespielt hatte.

Tonja überwand sich und lief in den Irrgang aus Buchsbaumhecken. Sie sah kurz seine Gestalt und folgte ihr. Gleich darauf überlegte sie, ob sie eigentlich von allen guten Geistern verlassen war. Sie rannte, doch es gelang ihr nicht, den Prinzen einzuholen. Tonja geriet außer Atem. Sie beschloss umzukehren, doch offenbar hatte sie bereits die Orientierung verloren. Sie fand den Ausgang nicht.

Wahllos hastete sie umher, gelangte in eine Sackgasse und eilte zurück zur letzten Abzweigung. Kurz darauf geschah das Gleiche noch einmal. Panik überfiel sie. Ihr kam es so vor, als würden die Hecken immer mehr in den Himmel wachsen.

„Hektor?"

Sie hörte ihn lachen.

„Wo bist du?"

„Hier!", kam die Antwort von irgendwoher.

Unvermittelt kam sie zu einem Sockel mit der Statue eines Teufels. Rote Glassteine blitzten in seinen Augen. Sie torkelte rückwärts, nahm irgendeine Abzweigung und lief aufs Geratewohl in eine andere Richtung. Das Korsett schnürte ihr die Luft ab.

Bald darauf stand ihr eine weitere Statue im Weg, ein großer Engel aus schwarzem Gestein. Er hatte den Zeigefinger auf die Lippen gelegt. Düster und drohend schien er sich über sie zu beugen. Sie schrie kurz auf, stolperte und stürzte beinahe ins Buschwerk. Das Gewächs griff nach ihr, bohrte sich durch das feine Tuch. Hart und unerbittlich.

Wieder rannte sie weiter, taumelte vor Skulpturen zurück, die bedrohlich, grausam und verstörend wirkten – bis sie nicht mehr konnte und schließlich ohnmächtig zusammensackte.

Ein Plätschern weckte sie. Schnell kehrte das Bewusstsein zurück. Tonja schlug die Augen auf. Hektor beugte sich über sie.

„Die Anstrengung war wohl etwas zu viel."

Seine blauen Augen leuchteten und gelocktes Haar fiel ihm ins Gesicht. Mit einem feuchten Tuch tupfte der Prinz ihr über die Stirn. Diesen fürsorglichen Teil von ihm hatte sie bislang nicht kennengelernt.

Sie sah sich um. Er hatte sie auf den steinernen Rand eines Brunnens gelegt. Er schien das Zentrum des Labyrinths zu sein. Das Plätschern kam von zwei Statuen, barbusigen Nymphen, die eine Schale hielten, aus der Wasser quoll, das über ihre Körper lief.

Plötzlich beugte Hektor sich über sie und wollte sie küssen. Das kam so unerwartet, dass sie kaum Zeit hatte, den Kopf wegzudrehen. Dabei rutschte sie ab und fiel in den Brunnen.

Die Kälte vertrieb die letzte Benommenheit.

Hektor sprang auf. Zornig blitzte er sie an, während Tonja versuchte, im Brunnen in triefnassen Kleidern wieder auf die Füße zu kommen.

Mehrere Male öffnete er den Mund, um etwas Wütendes zu sagen, doch er unterließ es. Dann stieß er mit dem Fuß einige Kiesel in das Buschwerk, drehte sich um und rannte zurück in das Labyrinth.

Mühsam kämpfte sich Tonja an den Brunnenrand. Das Wasser war nicht tief, aber sie hatte viele Lagen feinen Stoffs am Leib, der sich umgehend vollgesogen hatte, und das Korsett schien mit jedem Atemzug enger zu werden. Schließlich gelang es ihr, aus dem Brunnen zu klettern, und mit quietschenden Schuhe machte sie sich auf, den Irrgarten zu verlassen.

Als sie sich noch einmal umsah, kam es ihr so vor, als blickten beide Nymphen sie an. Das konnte ja aber gar nicht sein, denn es waren ja Statuen. Ihre Fantasie musste ihr einen Streich spielen.

Trotz der brennenden Sonne fröstelte sie in ihrer klitschnassen Kleidung. Überall lief das Wasser an ihr herunter. Sie verließ den Platz durch einen Bogen von wild wucherndem Goldregen.

Glücklicherweise fand sie schon bald den Weg aus dem Labyrinth heraus. Als sie den Ausgang mit den zwei einander zugeneigten Giraffen erreichte, lief sie direkt in die Arme von Viktor von Tiefensee.

Ihr Herz machte einen freudigen Satz, bis ihr wieder einfiel, dass sie ja aussah wie ihre Schwester Felia.

„Was ist dir geschehen, du bist ja triefend nass?", fragte Viktor besorgt. Am liebsten wäre sie in seine Arme gesunken und hätte ihm gleich alles berichtet, und zwar in allen Einzelheiten – von ihrem allerersten Treffen bis jetzt. Doch dann hörte sie ihre eigene – Tonjas echte – Stimme reden.

„Felia, ein Segen, dass wir dich gefunden haben! Was ist geschehen?"

Die Schwester war gekleidet in einem wilden Mix aus feinen Tüchern und groben Leinen. Sie sah aus wie eine Magd, die sich darum bemüht hatte, die Garderobe einer feinen Dame nachzuahmen, und dabei doch aussah wie eine Jahrmarktsattraktion.

112

„Ich bin in einen Brunnen gefallen, Tonja", sagte Tonja.

„War der Prinz bei dir?", fragte Felia drängend. Viktor warf ihrer Schwester einen kurzen Blick zu und Tonja bemerkte seine Verwunderung.

„Verzeihung, aber wieso stehst du hier in Begleitung meiner Schwester?", fragte Tonja ihn. Da sie zitterte, zog er sein Wams aus und legte es ihr um.

„Das werde ich dir gerne berichten, wenn du wieder in trockenen Kleidern steckst."

„Ich muss Felia vorher unbedingt alleine sprechen", sagte Felia und nahm Tonjas Arm.

Da schallte eine schneidende Stimme über das gesamte Gelände des Schlossparks. „Prinzessin Flarejaaaaa!" Aus dem Schloss eilten drei Frauen schnellen Schrittes von der Terrasse auf die Wiese. Es waren die Dienerinnen, die sie eingekleidet und frisiert hatten.

„Wer ist Prinzessin Flareja?", fragten Felia und Viktor wie aus einem Mund.

„Ich bin das", antwortete Tonja. „Auch das ist eine längere Geschichte." Sie wandte sich an Viktor. „Ich würde ebenfalls gerne kurz mit meiner Schwester sprechen. Hättest du die Güte, die Damen aufzuhalten?"

Viktor blickte misstrauisch drein, doch dann nickte er und lief den Dienerinnen entgegen.

26.

Schwesterngespräch

„Himmel", zischte Felia, „wie du aussiehst!"

„Und du erst!", erwiderte Tonja. „Was hast du mit Viktor zu schaffen und warum bist du überhaupt hier?"

„Ich bin hier, weil ich will, dass du Prinz Hektor dazu bringst, dass er dich – also mich – heiratet."

„Bist du wahnsinnig? Diesen ... diesen ... Mistkerl?"

„Ja, das hat Viktor auch gesagt, dass er ein ... Aber ... aber könnte es denn nicht doch vielleicht so sein, dass ..."

„Felia, glaub mir doch, dieser Prinz ist alles andere als ein Edelmann. Er ist verdorben und gemein. Er hat kein Interesse daran, dich zu heiraten. Er will eine Weile mit dir spielen, dich verführen und entehren, aber niemals, niemals wird er dich heiraten."

„Bitte, bitte, Tonja", bettelte Felia, „sei einfach einmal nicht so schrecklich ... du selbst. Tu es für mich. Ich verspreche auch, niemals wieder etwas Böses zu dir zu sagen."

Die drei Dienerinnen kamen trotz Viktors Bemühen, sie mit irgendwelchen Fragen zu seiner Garderobe abzulenken, immer näher. Felia hörte nicht auf zu betteln.

114

„Ich verspreche, ich gebe alles, um den schlechten Eindruck, den ich bei Viktor hinterlassen habe, wieder gutzumachen."

„Was hast du denn jetzt wieder angestellt?", fragte Tonja erzürnt.

„Nichts, wirklich! Ich war genau so, wie du bist. Aber er hat etwas gespürt. Er mag mich einfach nicht."

Tonja wusste nicht, was sie davon halten sollte. Ein wenig betrübte es sie, doch zugleich mochte es ja vielleicht nur an Felias Charakter liegen, dass er sie nicht mochte, insofern bestand gewissermaßen noch Hoffnung für sie.

„Hör mir genau zu!", sagte Tonja streng. „Es gibt noch etwas, was ich dir nicht erzählt habe. Und das ist wichtiger als alles andere. Die Nymphe Camena hat gesagt, wir wären Gewitterhexen. Hast du gehört? Hexen, die Gewitter machen können."

„Was sagst du da? Aber das kann doch nicht ..."

„Wir haben keine Zeit für lange Erklärungen, Felia! Höre einfach zu", fuhr Tonja fort. „Wir besitzen die Fähigkeit, Blitz und Donner zu erzeugen, und haben auch noch weitere Zauberkräfte. Diese Gaben sollen uns von unserer Mutter vererbt worden sein. Bis zum Maiball halte ich an der Seite von Prinz Hektor durch, aber du musst dafür in den Kerker gehen und dort eine der zum Tode verurteilten Hexen des Westens aufsuchen und herausfinden, wie der Körpertausch rückgängig gemacht werden kann. Und vielleicht kann sie dir auch mehr über unsere magischen Fähigkeiten sagen."

Die Schwester schaute sie entgeistert an. Selten war Felia derart sprachlos zu sehen. Doch es gab ohnehin keine Zeit für weitere Erklärungen, denn die drei Zofen waren mittlerweile in Hörweite.

„Prinzessin! Prinzessin Flareja ..." Die Alte, völlig außer Atem, fuchtelte mit den Armen in der Luft umher, als

115

wollte sie damit Viktors lästige Fragen wegwedeln. Der wiederum zuckte mit den Schultern, als wollte er sagen: *Ich hab' alles versucht.*

„Der Prinz ...", schnaufte die Alte. „Prinz Hektor teilte uns mit, welch furchtbares Missgeschick Euch widerfahren ist. Hier, wir haben trockene Tücher und einen Mantel mitgebracht."

Die beiden jüngeren Dienerinnen legten Tonja die wärmenden Stoffe um und bemühten sich, ihr Haar zu trocknen. Die Alte musterte die bunt gekleidete Felia abschätzig, dann wandte sie sich wieder an Tonja. „Wir wurden angewiesen, Euch für den heutigen Abend neu einzukleiden und auch gleich ein Ballkleid anzupassen."

Tonja sah, wie ihre jüngere Schwester innerlich jubilierte.

„Verzeihung, wer ist diese ... Person?" Die Alte hatte den Blickwechsel der Schwestern bemerkt.

„Niemand", sagte Tonja hochnäsig. „Eine Wahrsagerin, die mir allmählich lästig wird."

Felia blitzte sie an und flüsterte: „Sieh an, das Lügen hast du ja schnell gelernt."

„Wenn Ihr dann vorangehen würdet, Prinzessin", sagte die Alte mit einer Stimme, die keinen Widerspruch duldete. Die Dienerinnen knicksten, aber ihre Bestimmtheit machte Tonja zur Befehlsempfängerin.

Sie ließ Felia stehen. Viktor sprintete an ihre Seite.

„Als Prinzessin hast du das Sagen", teilte er ihr leise und hastig mit. Ihr Herz klopfte wild. Er roch angenehm.

Sie hielt an und zwang die Zofen dadurch, ebenfalls abrupt anzuhalten, woraufhin diese prompt ineinanderrempelten. Die Alte gab missmutige Geräusche von sich, aber in der Gegenwart des adeligen Mannes wagte sie keine Respektlosigkeit.

„Vielen Dank, Viktor von Tiefensee, dass Ihr mir diese unsägliche Person vom Halse schafft", Tonja deutete auf

116

Felia und gab ihm sein Wams zurück, „… und dorthin begleitet, wo sie hingehört."

Er lächelte kaum sichtbar und blieb mit Felia zurück.

Rivalen

Felia kochte vor Zorn. *Sie* hätte das sein sollen. *Sie* wollte hinreißende Kleider tragen und von Dienerinnen schön eingekleidet werden. Da verwirklichte sich gerade *ihr* Traum und sie hatte nicht teil daran! Sie ballte die Fäuste und spürte plötzlich eine Kraft, die ihr fremd und doch irgendwie vertraut war. In der Ferne war ein Donnergrollen zu hören.

Im nächsten Moment verschwand das Gefühl der Wut und ein Unbehagen setzte ein. *Eine Hexe!* Tonja hatte gesagt, sie seien Hexen. Gewitterhexen.

Felia bemerkte, dass Viktor sie beobachtete, und sie versuchte, keine weitere Regung mehr zu zeigen, aber das gelang ihr wohl nur schlecht.

„Deiner Blässe nach zu urteilen, solltest du dich besser wieder hinlegen", sagte er. „Komm, wir gehen."

Er legte das Wams jetzt um ihre Schultern und Felia schämte sich dafür, dass sie sich ihm gegenüber so liederlich verhalten hatte. Wenn all das vorüber war, sollten sie und ihre Schwester ihm die Wahrheit sagen.

In seinen Gemächern angekommen wurde sie gleichfalls Dienerinnen übergeben, was sie mit der vorangegangenen Situation versöhnte. Viktor zog sich zurück und man brachte sie in ein kleines, edel ausgestattetes Zimmer. Es enthielt ein Bett aus dunklem Gehölz mit feinen Laken, blütenweißen Kissen und einer ebenso strahlend weißen Decke. Erst beim Anblick dieses Wunderwerkes der Schreinerei und Webkunst wurde ihr bewusst, wie erschöpft sie sich fühlte. Nur kurz, dachte sie, nur kurz auf diesen feinen Decken liegen. Nur einmal die Reinheit genießen. Im nächsten Moment versank sie in einen tiefen, traumlosen Schlaf.

Viktor lugte durch einen Spalt. Erleichtert stellte er fest, dass die Tochter des Henkers eingeschlafen war, und wies seinen Kammerdiener an, dafür zu sorgen, dass sie nicht das Zimmer verließ.

Dann suchte er nach dem Prinzen und fand ihn in seinen Gemächern, wo er gerade angekleidet worden war.

„Schon zurück?", spottete Hektor. „Lief es nicht wie geplant?"

Viktor durchquerte den Raum, lehnte sich an das Fensterbrett und verschränkte die Arme.

„Kannst du dich auch vollständig in all diesen Spiegeln sehen?", fragte er. Im Raum befanden sich sieben Stück an der Zahl. Sie waren in einem Halbkreis um das Ankleidepodest aufgestellt worden. „Denn wenn du dich trotz sieben Spiegeln nicht richtig sehen kannst, dann solltest du dir vielleicht ein Vergrößerungsglas besorgen. Doch ich fürchte, auch das wird dir nicht dabei helfen zu erkennen, was du wirklich bist – ein verwöhnter, ehrloser Arsch!"

„Was fällt dir ein?" Prinz Hektor wandte sich ruckartig zu ihm herum und stieg vom Podest.

„Dein ‚Blümchen' kam gerade klitschnass und ohne Begleitung aus dem Irrgarten", sagte Viktor. „Wurdest du so erzogen? Sollte ich die Frau Königin oder den werten Vater Regent einmal darauf ansprechen?"

„Ich sehe schon, worauf dieses Gespräch hinausläuft. Du bist – aus welchen Gründen auch immer – mit dieser hässlichen Hure aus Goldrin nicht klargekommen und suchst eine Gelegenheit, dich aus der ganzen Geschichte zurückzuziehen, ohne dabei dein Gesicht zu verlieren. Meinst du wirklich, jemanden schert es, was ich tue oder lasse?"

Viktor wusste, dass er soeben dabei war, die Zukunft seiner Familie aufs Spiel zu setzen. Sein ganzes Inneres wehrte sich gegen diese rücksichtslose Lebensweise, bei der arme, rechtschaffene Bürger zum Spielball der Mächtigen wurden. Es war ehrlos und unwürdig. Er hatte ein für alle Mal genug von dem herablassenden Getue des Prinzen. Hektor musste begreifen, dass man mit Menschen nicht spielte.

„Oh, ich werde von unserer Vereinbarung keineswegs zurücktreten", sagte Viktor. „Im Gegenteil. Ich bin hier, um dir mitzuteilen, dass ich mit Tonja zum Ball kommen werde. Anschließend werde ich bei ihrem Vater ganz offiziell um ihre Hand anhalten."

Er sah, dass Hektor die Zähne zusammenpresste. Der Prinz war offenbar felsenfest davon überzeugt gewesen, dass sein Rivale gekommen war, um seine Niederlage einzugestehen. Doch da hatte er Viktor unterschätzt.

„Ich habe im Übrigen ebenfalls nichts anderes geplant", behauptete der Prinz.

„So? Du willst also *tatsächlich* die Tochter eines Henkers heiraten?"

„Das sagte ich doch soeben."

„Oder hast du nicht vielmehr vor, eine gewisse Prinzessin Flareja zu ehelichen?"

Hektor wirkte erstaunt, dass Viktor über dieses Detail Kenntnis hatte, fasste sich jedoch rasch.„Eine Scharade, um sie ohne Probleme besser kennenlernen zu können."

„Und wie gedenkst du diese Scharade zu beenden?"

Der Prinz sah ihn arrogant an.

„Kümmere du dich um deinen Teil der Abmachung. Und jetzt verschwinde, bevor ich dich gewaltsam entfernen lasse."

Viktor dachte nicht daran zu gehen. Stattdessen führte er weiter aus, was ihm soeben erst klar geworden war.

„Denn wenn du jene unbekannte Prinzessin Flareja mit dem Segen des Königs geehelicht hast, dann kannst du mit ihr unbeschwert die Hochzeitsnacht verbringen. Und am nächsten Morgen, oder vielleicht auch erst an einem der darauffolgenden Tage – je nachdem, wie viel Spaß du mit ihr hast –, wirst du kundtun, dass du betrogen wurdest. Dass die Tochter des Henkers dir eine Schwindelgeschichte vorgespielt hat, du das arme Opfer einer Posse geworden bist. Natürlich wird sie alles abstreiten, aber niemand wird ihr glauben, denn wer stellt schon das Wort des Prinzen in Frage? Die Ehe wird annulliert. Die Henkerstochter wird eingekerkert, der Vater und die Schwester werden entehrt und zur Verbannung gezwungen oder vielleicht gar in den Freitod getrieben. Und mich hättest du zudem ebenfalls geschädigt, da ich in Verbindung zu der Familie stehe. Aber lass dir gesagt sein: Ich werde alles dafür tun, diesen Ausgang der Geschichte zu verhindern. Das Spiel ist vorbei!"

Der Prinz sah ihn triumphierend an.

„Ich bin gespannt, wie du das verhindern willst."

Viktor ballte die Fäuste, aber er musste sich beherrschen. Den Prinzen zu schlagen wäre fatal und würde nur dazu führen, dass man ihn einkerkerte. Er schluckte seinen Zorn hinunter und legte alle Verachtung, zu der er fähig war, in seine Stimme.

„Du widerst mich an, du ehrloser Bastard!"

Ohne ein weiteres Wort verließ er den Raum.

28.

Im Kerker

Mitten in der Nacht schreckte Felia hoch. Sie fühlte sich orientierungslos, doch nachdem ihr alle Geschehnisse wieder eingefallen waren, war sie hellwach.

Zudem schien der Mond, der mittlerweile etwas abnahm, nun schon die zweite Nacht in ihr Schlafgemach. Sie ging zum Fenster, um etwas frische Luft hineinzulassen. Das Zimmer befand sich im mittleren Geschoss eines niederen Seitenturms des Schlosses. Aus dem Fenster sah man in den Hof, der leer und verlassen war. Auf den zinnenbestückten Wehrgängen patrouillierte niemand.

Am Fuße des Turms lag eine dürftig durch Fackeln erleuchtete Treppe, die in tiefer Schwärze endete. Felia wusste in diesem Moment, dass dies der Eingang zu den Kerkern war. Jetzt schien der richtige Zeitpunkt zu sein, dort hinabzuschleichen.

Sie betrachtete die Treppe genauer. Am Ende befand sich vermutlich ein schmiedeeisernes Gitter und dort wachte garantiert jemand. Diese Person musste sie dazu bringen, die Tür zu öffnen.

123

Doch angenommen, es gelänge ihr, was dann? Eine Hexe zu finden, war das eine. Sie zu überreden kurz vor ihrem Tod einen Zauber preiszugeben, der nicht ihr selbst von Nutzen war, sondern wildfremden Mädchen, war eine andere Sache.

Schlagartig wurde ihr klar, dass ihr und ihrer Schwester ebenfalls der Tod drohte, wenn man herausfand, dass sie Hexen waren. Felia verließ der Mut.

Je mehr sie darüber nachdachte, umso einfältiger kam sie sich vor. Sie hatte in ihrem Elfenbeinturm – na ja, eher in einer Holzwurmhütte – gelebt und davon geträumt, einen Prinzen zu heiraten. Oder irgendeinen anderen schmucken Junker. Sie hatte sich damit beschäftigt, wie man reizvoll aussah, die Haare frisierte, Tücher bestickte und Blumen band. Doch Hexerei? Zauber? Sie war noch nicht einmal besonders gottesfürchtig.

Sie schüttelte sich. Jetzt wurde sie wohl verrückt. Es war nicht die Zeit, um über schweren Gedanken zu brüten, und das entsprach auch gar nicht ihrem Naturell. Sie hatte noch nie viel gegrübelt. Zwang etwa Tonjas Körper sie dazu?

Ruckartig löste sie sich vom Fenster und suchte im Zimmer irgendetwas, das ihr Mut machen könnte. Auf einem Tisch stand frisches Obst. Sie griff sich einen saftigen Pfirsich und biss hinein. Als sie ihn ganz verputzt hatte, fühlte sie sich besser. Gierig schlang sie noch einige Weintrauben hinunter. Einen Apfel steckte sie in die Tasche. Vielleicht würde sie sich ja irgendwo verstecken oder gar fliehen müssen. Es gab immer Gründe, einen Apfel bei sich zu tragen. Zur Not konnte man ihn jemandem an den Kopf werfen.

Leise öffnete sie die Tür der Kammer und erschrak. Ein Mann saß auf einem Schemel vor der Tür. Beim zweiten Hinsehen erkannte sie, dass er schlief. Vorsichtig schlich sie an ihm vorbei.

Der kurze Flur hatte einen Steinboden, der mit Teppich belegt war. Sie gelangte unbemerkt auf die Treppe und dort hinab. Dann hörte sie die Glocke der Kirche zur vollen Stunde schlagen. Es war drei Uhr nachts. Sie musste sich beeilen. Nicht lange und das Gesinde würde erwachen, um an sein Tagwerk zu gehen.

Sie verließ den Turm genau gegenüber der Treppe zum Verlies. Ein unheimlicher Wind wehte von dort zu ihr empor. Ängstlich stieg sie die Stufen hinab.

Die Kellergewölbe lagen in undurchdringlicher Dunkelheit hinter einem schmiedeeisernen Gitter. Felia sah gleich dahinter eine in sich zusammengesunkene Gestalt, die mit dem Rücken an einer Säule lehnte. Der Mann trug einen Filzhut mit breiter Krempe, der ihm ins Gesicht gerutscht war. An seinem Gürtel hingen allerlei Schlüssel, die ihn als Wächter der Kerker auswiesen.

Ihr Herz klopfte so stürmisch, dass sie sicher war, ihn damit zu wecken, doch er stieß lediglich einen Schnarcher aus.

Felia traute sich nicht, das Gitter anzufassen, aus Sorge, es könne scheppern. Sie trat, so weit es ging, an den schlafenden Wächter heran und versuchte mit der Hand den Schlüsselbund zu fassen, aber der Mann saß zu weit weg. Sie kam nicht einmal in die Nähe.

Ratlos stand sie da. Wieder pfiff der Wind durch die düsteren Gewölbegänge.

Plötzlich war tief im Verlies ein Schimmer zu sehen. Genau dort, wo es eben noch stockduster gewesen war. Sie hielt unwillkürlich den Atem an. Das Licht kam näher, machte aber kein Geräusch.

Schon bald erkannte Felia, dass das leuchtende Etwas die Gestalt einer Frau besaß. Sie war ihr vertraut, ohne dass sie hätte sagen können, woher. Felia quetschte sich tief in eine Nische. Gänsehaut lief ihr über den ganzen Körper.

Die Gestalt glitt lautlos direkt auf die verschlossene Gittertür zu. Wie ein leuchtender Nebel schwebte das übernatürliche Wesen durch die Stäbe hindurch und verpuffte. Ein kalter Luftzug streifte Felias Wangen, gleich einem gehauchten Kuss.

Die Gittertür schwang kaum hörbar quietschend auf. Der Wächter grunzte, bewegte sich aber nicht und schnarchte leise weiter.

Problemlos gelang es Felia, sich durch die Öffnung zu schieben. Mit hämmerndem Herzen lief sie leise in die Finsternis. Es dauerte nur kurz, bis sich ihre Augen an die Dunkelheit gewöhnt hatten und sie etwas erkennen konnte.

Das Verlies bestand aus vielen Einzelkerkern, die durch Mauern und Säulen voneinander getrennt waren. Nach vorne grenzten dicke Gitterstäbe die Räume ab. Undefinierte Schattenwesen lagen auf harten Steinböden in den Zellen. Hier und da gab es Stroh wie in einem Viehstall und es stank auch so ähnlich. Ratten, die sich durch den Eindringling in ihrem nächtlichen Reich gestört fühlten, flitzten an den Wänden entlang.

Weit genug vom Eingang und dem Wächter entfernt, verlangsamte Felia ihren Schritt und trat näher an die Stäbe, um in eine der Kerkerzellen hineinzuspähen. Armselige Kreaturen, an Ketten gefesselt, kauerten in einer Ecke, die Arme um sich selbst geschlungen. Niemand bewegte sich.

Leises Zischen ließ Felia sich ruckartig umdrehen.

Eine auf dem Boden liegende Frau klammerte sich an die Gittertür und winkte sie mit dünnen, knochigen Fingern zu sich.

Felia folgte der Aufforderung und hockte sich zu ihr.

„Ich wusste, dass du kommst, Mädchen", sagte die Frau matt. Ihr Alter war unmöglich zu bestimmen. Sie hatte wildes, struppiges Haar und die Kleidung hing ihr in Fetzen

126

am Körper. Sie schien nicht mehr stehen zu können, weshalb sie sich mit den Armen an den Gitterstäben hochzog.

„Wer bist du? Wie konntest du wissen, dass ich komme?", fragte Felia flüsternd.

„Ich bin Hanne, eine Seherin ohne weitere Zauberkräfte. Nicht wie du und deine Schwester. Ihr seid Herrscherinnen über die Elemente. Ich weiß auch, warum du hier bist, Felia."

„Du kennst meinen Namen?"

„Ich bin eine Seherin. Ich sah, dass du im Körper deiner Schwester Tonja zu mir kommen wirst. Du willst wissen", sie hustete heftig, „wie ihr den Körpertausch rückgängig machen könnt."

Felia nickte sprachlos.

„Gib mir erst den Apfel, den du bei dir trägst."

Felia zog ihn hervor und gab ihn Hanne, die mühsam hineinbiss. Dann folgte ein genussvolles Stöhnen. Als er verzehrt war, fasste Hanne Felias Hand.

„Ich danke dir für diesen süßen Apfel, Tochter des Freimanns. Du brachtest mir eine wahrhaft prophetische Frucht als meine Henkersmahlzeit. Und nun höre genau, was ich dir zu sagen habe." Hanne hustete erneut, und diesmal war es qualvoll, das Keuchen anzuhören. Felia strich sanft über die Hand, die mager war wie die einer Toten. Es schien Hanne zu beruhigen und sie sprach weiter.

„Nymphen, Feen und Hexen sind alle von der gleichen Art. Frauen, die verehrt, begehrt und gehasst werden. Man nennt uns Göttinnen, Zauberhafte und Böse Weiber. Doch es ist unser Bedürfnis, geliebt zu werden, womit man uns kontrollieren kann. Erliegt man erst einmal den Schmeicheleien und wird ein Opfer der Eitelkeit, verliert man sich selbst und lässt einen anderen über den eigenen Wert bestimmen. Manche von uns geben sich auf. Ich bin hier, weil ich den Mann, den ich liebte, vor Unheil retten wollte, das ich in einer Vision sah. Ich war mir bewusst, dass der Versuch ihn zu retten, mich als Seherin entlarven und hierherbringen würde. Ich tat es dennoch. Und er? Er tat nichts zu meiner Rettung.

Obwohl ich aus Angst vor der Folter sofort gestand, eine Magiebegabte zu sein, brach man mir beide Beine und lässt mich fortan in diesem Loch dahinvegetieren bis zur Hinrichtung. Dies ist meine letzte Nacht, Henkerstochter. Krankheit und Kummer halten mich gefangen und der Tod steht schon im Raum."

Als ob der Tod dies gehört hätte, erlitt Hanne erneut einen Hustenanfalls, doch sie kämpfte darum, weiterzusprechen, bis es ihr endlich gelang. „Höre: Die Nymphe Camena ist weise und wollte deine Schwester etwas lehren. Niemand anderes als sie selbst bestimmt ihren Wert. Und Gleiches gilt auch für dich. Wenn ihr zu euch selbst zurückwollt, so müsst ihr euch selbst erkennen. Sucht die Liebe in euch. Dann werdet ihr finden, was ihr ersehnt, und Kräfte in euch entfesseln, derer ihr euch bislang nicht bewusst wart. Und nun geh und berichte deiner Schwester davon."

Hanne hustete und röchelte ein weiteres Mal. Diesmal dauerte der Anfall lange, aber Felia blieb geduldig. Ihr Herz krampfte sich vor Mitleid zusammen.

„Gutes Kind! Deine Mutter hätte dir alles über eure Kräfte sagen können. Ich vermag dies nicht und gleichfalls keine der anderen Hexen, die hier gefangen sind. Jede von ihnen erlitt unfassbares Leid und wir alle erwarten die Umarmung des Todes."

„Gibt es denn nichts, was ich oder meine Schwester tun können? Wir könnten versuchen, unseren Vater aufzuhalten. Schließlich ist er derjenige, der die Todesstrafe vollzieht."

„Ist es nicht euer Vater, so ist es ein anderer. Jener, der die Folter verlangt, und jene, die sie ausüben, sind verdorbener als jener, der uns vom Leben trennt. Ich werde heute Nacht zur alten Göttin übergehen, aber meinen Schwestern und auch all den Männern in diesem Verlies könnt ihr nicht helfen, ohne euch selbst zu gefährden. Versucht ihr es trotzdem, so wird nichts mehr so sein wie zuvor. Und jetzt geh. Ich spüre bereits, die Hand, die mich leiten will."

„Eine letzte Frage: Hast du den Geist geschickt, der mich einließ?"

Hanne atmete schwer und rasselnd.

„Es war eure Mutter", hauchte sie und verstummte. Die Hand, die Felia hielt, wurde schlaff.

29.

Gespräch im Treppenhaus

Der Abend an der Tafel des Königs verlief nahezu genauso wie der davor. Es wurden nur einige wenige höfliche Worte gewechselt. Die Königin berichtete dem König, warum der Graf und die Gräfin von Schone aus Gelten nicht erscheinen konnten und dass Prinzessin Flareja deshalb nach dem Ball abreisen müsse.

Der Regent nahm dies teilnahmslos zur Kenntnis und sorgte dann wieder für musikalische Ablenkung. Danach verließen sie alle schon bald den Speiseraum. Kaum waren sie außer Sichtweite der anderen, ließ Hektor ihre Hand umgehend los.

„Du findest ja alleine zu den Gesindekammern", sagte er, drehte sich um und verschwand um die nächste Ecke. Wieso er die Scharade fortführte, sich Tonja gegenüber aber abweisend und kalt benahm, verstand sie nicht.

Auf ihrer Bettstatt lag Tonja lange wach und dachte darüber nach, wie alles gekommen war. Sie flüsterte den Namen der Nymphe in der Dunkelheit, doch Camena erschien ihr nicht. Aber es war ja auch gar nicht möglich, da dieses Geistwesen an die Quelle gebunden war.

130

Der dritte Tag von Tonjas Aufenthalt im Schloss brach an. Jener Tag, an dem die Verurteilten ihren Tod finden sollten. Tonja erwachte in den frühen Morgenstunden und sah, dass ihr Vater noch schlief.

Sie quälte sich von der Strohpritsche herab, streckte sich und schlich auf Zehenspitzen vor die Tür. Um Schwindel zu vermeiden, lief sie schnell über die Bohlen mit den grauenhaften Lücken zum steinernen Turm. Es gelang ihr, jeden Blick in die Tiefe zu vermeiden, und als sie die schief in den Angeln sitzende Tür zum Hauptgebäude mit einem Ruck aufstieß, fand sie ihre alte Gestalt auf den Stufen sitzend. Ihre Schwester Felia blickte sie mit leeren Augen an und es war nicht zu übersehen, dass sie bitterlich geweint hatte.

Die Schwestern fielen sich in die Arme und ließen einander lange nicht los. Dann berichtete Felia von ihrem Ausflug in den Kerker.

Atemlos hörte Tonja zu.

„Ich weiß nicht, wie ich das anstellen soll: Mich selbst erkennen. Wenn ich dich ansehe, so sehe ich mich, wie ich bin, aber wenn dieses genügen würde, wären wir doch längst zurückverwandelt", sagte Tonja nachdenklich, als Felia mit ihrer Schilderung fertig war.

„Ich denke, Hanne meinte, dass wir beide etwas *in uns* erkennen müssen. Im Herzen und unserer Seele."

„Wahrscheinlich", stimmte Tonja zu. „Und sie hat gesagt, wir seien Herrscherinnen über die Elemente?"

„Ich fühle mich eher ohnmächtig", antwortete Felia, „denn, welche Kräfte uns auch innewohnen, wir können nichts für all die Verurteilten tun. Oh, Tonja, du hättest sie sehen müssen! Hanne und diese anderen dort ... Es ... Es war so schrecklich!"

„Und unser eigener Vater wird diese Menschen hinrichten", bemerkte Tonja zutiefst betrübt.

„Unter Umständen ... Nein, es würde nicht funktionieren."

„Was? Was meinst du?"

„Wir könnten versuchen, einen solchen Sturm zu erzeugen, dass die Scheiterhaufen, auf denen die Hexen verbrannt werden sollen, nicht entzündet werden können und der Wind so lebhaft wird, dass niemand auf der Tribüne oder im Hof verweilen kann", schlug Felia vor. „Tonja, solange ich lebe, werde ich Hannes Schicksal nicht vergessen. Niemand verdient es, so zu enden."

Tonja dachte darüber nach.

„Wir würden selbst zu Gesetzesbrechern und uns als Hexen verraten."

„Sind wir denn nicht gute Hexen?", fragte Felia verzweifelt. „Ohne uns gibt es doch keinen Regen, das wiederum sagte Camena. Sind wir nicht wichtig für die Menschen?"

„Ich denke nicht, dass man uns glauben würde. Die Menschen hätten mehr Angst vor uns als vor einer Dürre."

„Ich wünsche nicht, dass man uns fürchtet. Ich möchte doch eigentlich nur ..." Felia sprach es nicht aus, aber Tonja wusste, was sie dachte und fühlte.

„... geliebt werden", beendete sie den Satz. „Das will ich auch."

Unerwartet trat jemand um die Ecke und die Schwestern sprangen entsetzt auf. Es war Viktor. Sein Blick wechselte zwischen den Frauen hin und her.

„Ich werde euch helfen", sagte er ohne weitere Erklärung, warum er dort gestanden und gelauscht oder wie viel von dem Gespräch er gehört hatte.

„Wobei?", fragte Tonja.

132

„Bei allem. Dabei, die Hinrichtungen zu verhindern und den Zauber, der euch vertauscht hat, rückgängig zu machen."

Tonjas Herz schlug wild. Er sah sie an und ihr schwindelte, doch rasch fing sie sich wieder.

Die Tür der Gesindekammer öffnete sich und der Henker trat auf den Gang. Viktor griff Felias Hand und zog sie schnell außer Sichtweite des Vaters.

„Triff uns zur Mittagsstunde am Eingang zum Irrgarten. Bei den Giraffen", flüsterte er und lief mit Felia rasch die Treppe hinunter.

„Felia? Was tust du dort im Treppenhaus?", rief der Vater Tonja zu.

„Ich brauche immer etwas Zeit, um über die lückenhaften Bohlen zu laufen", antwortete sie. Es war noch nicht einmal eine Lüge.

Die Entscheidung des Königs

Tonja wartete darauf, dass die Magd Jade kam, um sie zu Hektor zu bringen, doch sie erschien nicht. Durch die Fensterspalte sah sie den Vater, wie er mit den Schreckenshelfern sprach, den Galgen prüfte, die Scheiterhaufen inspizierte und seine Axt in einen vorbereiteten Ständer stellte. Dann erschienen gramgebeugte Männer mit weinendem Anhang, Kinder mit dreckigen Gesichtern und blanken Füßen, Frauen, die wimmerten. Sie alle reichten dem Henker seinen Lohn. Dabei wurde ihr übel.

Wie war es nur gekommen, dass sie niemals über das Tagwerk ihres Vaters nachgedacht hatte? Auf einmal überkam sie ein Gefühl, das sie nicht mehr losließ, bis sie sich aufmachte, um zu ihm in den Hof zu gehen.

„Was willst du hier?", herrschte er sie an. Dabei sah er sich drohend um, da viele seiner Helfer neugierige Blicke auf seine schöne Tochter warfen.

„Ich muss mit dir sprechen", sagte sie bestimmt. Er zog erstaunt die Augenbrauen in die Höhe. Sie bemerkte, dass er sich aufbauen wollte, wie er es Fremden gegenüber tat, aber da sie seine Tochter war, gelang es ihm nicht überzeugend. Er zerrte sie zu einem Haufen frisch abgeladener Strohballen, wo sie etwas abseits standen und nicht belauscht werden konnten.

„Ich werde nicht in ein Kloster gehen", offenbarte sie ihm.

Dem Vater schienen die Worte für eine sofortige Erwiderung zu fehlen.

„Ich werde nicht ins Kloster gehen", wiederholte Tonja nochmals mit Nachdruck. „Und bevor du etwas sagst, Vater, ich mache mir keine Illusionen darüber, dass Prinz Hektor mir die Ehe anträgt. Es gibt jedoch auch noch eine andere Möglichkeit, sodass du dir um mich keine weiteren Sorgen machen musst und zugleich auf meine Gegenwart verzichten kannst: Ich nehme eine Anstellung als Magd an. Ich werde fleißig sein, vielleicht das Schneiderhandwerk erlernen und eines Tages bei einer höheren Dame zur Kammerzofe aufsteigen. Oder ich werde doch einen ehrlichen Mann finden, der mich ehelicht. Aber ich weigere mich, deine Entscheidung hinzunehmen und ins Kloster zu gehen. Wenn du deinen Entschluss darüber nicht änderst, laufe ich davon und du wirst mich niemals wiedersehen."

Ihr Vater sah sie so verdutzt an, dass sie sich fragte, ob er sie überhaupt verstanden hatte. Sie wollte das Beste für ihre Schwester, und das hatte sie unter diesen Umständen gefordert.

„In Ordnung", sagte ihr Vater schlicht.

Jetzt war es Tonja, der es die Sprache verschlug. Er hatte ihr ohne jegliche Diskussion zugestimmt. Einfach so. Das war bislang noch niemals geschehen. Doch mehr schien der Vater nicht reden zu wollen, denn er wandte sich zum Gehen.

„Da ist noch etwas."

„Felia!" Seine Stimme wurde ungehalten. „Überspann den Bogen nicht!"

135

„Du solltest wissen …" Sie benötigte einen weiteren Anlauf, um diese Wahrheit auszusprechen, also atmete sie einmal tief ein und aus. „Du solltest wissen, dass Tonja und ich Hexen sind!"

Ihr Vater, der sich bereits von ihr abgewandt hatte, fuhr wieder herum. Eine Welle des Zorns ging von ihm aus, die ebenfalls Blitz und Donner hätte erzeugen können. Sie kannte ihn durchaus wütend, aber diese überaus heftige Reaktion war neu.

„Schweig still!", herrschte er sie an. Er trat nah zu ihr und fasste sie an beiden Schultern. „Niemand darf das erfahren! Niemand, hast du gehört? Oder wir sind alle des Todes!"

Dann riss er sie am Arm in Richtung des Aufgangs zu den Gesindekammern.

„Du gehst sofort in die Kammer und wirst dort auf mich warten, hast du gehört? Ansonsten wirst du dir wünschen, du wärest nur ins Kloster gekommen!" Er schubste sie in das Treppenhaus und schlug die Tür hinter ihr zu.

Verwirrt stieg sie die Treppe in den ersten Stock hinauf, doch noch bevor sie zu jenem unsäglichen Bohlenzwischengang kam, erwartete sie schon Jade am Absatz.

„Du musst mitkommen", sagte sie.

„Es tut mir leid, aber ich befürchte, ich habe keine Zeit mehr für Prinz Hektor. Bitte entschuldige mich."

„Nicht der Prinz wünscht dich zu sehen. Es ist der König."

Jade schritt voraus und erwartete, dass Tonja ihr folgte, was sie widerwillig tat.

Zuerst wurde sie erneut angemessen eingekleidet, schließlich erwartete der König eine Prinzessin und keine Henkerstochter. Dann führte ein Diener Tonja den Weg zum Speisesaal entlang, doch er brachte sie nicht dorthin,

136

sondern noch einige Türen weiter zu einem Empfangsraum.

Der König saß in einem Lehnstuhl am Fenster und hielt einige Schriftstücke ins Licht.

Tonja, inzwischen geübt darin, knickste tief.

„Bei dem ersten Abendessen sagtet Ihr forsch, Ihr wolltet Königin werden." Der Regent legte die Papiere zur Seite, stand auf und trat näher an sie heran.

„Ist das noch immer Euer Wunsch?"

„Nein, Eure Majestät", antwortete Tonja.

Der König ließ sich nicht anmerken, was er dachte.

„Warum nicht?"

„Wie Euch die Königin gestern schilderte, bange ich um das Leben meiner Mutter. Ich wünsche, auf unserer Burg zu bleiben und in Gelten einen meinem Stand angemessenen Landjunker zu finden."

„Ihr schlagt ein Königreich für einen Landjunker aus? Das glaube ich Euch nicht. Sprecht die Wahrheit oder ich verweigere Euch die ersehnte Heimreise."

„Majestät, ich weiß nicht, was Ihr hören wollt." Tonja bemerkte, wie ein seltsamer Schwindel sie erfasste. Es war, als zerrte eine unbestimmte Kraft an ihr.

„Ich sagte, ich will die Wahrheit hören." Der König sprach auf eine ähnliche Weise scharf und drohend, wie es ihr Vater kurz zuvor getan hatte.

„Ich halte nicht viel von Eurem Sohn", sagte sie leise. „Er ... Wir interessieren uns nicht für dieselben Dinge."

„Ich habe noch nicht die Bekanntschaft Eures Vaters gemacht, Prinzessin Flareja von Schone, aber ich bin mir sicher, dass er mir in diesem Punkt uneingeschränkt zustimmen wird: Unterschiedliche Interessen waren noch nie der Grund, um eine Ehe *nicht* zu stiften. Ganz im Gegenteil. Ihr müsst verstehen, ich kenne meinen Sohn besser als er sich selbst. Er liebt es, die Damen zu beeindrucken, solange es keine Mühe macht. Er treibt sich gerne in Tavernen herum, mit Huren und Stadtstreichern. Er scheut jede Verantwortung und sieht nur den Glanz und die Glorie seiner Herkunft. Ihr seid die erste Dame, die er je in den intimen Kreis der Familie eingeführt hat. Gewiss, es gab Bälle und andere Frauenzimmer, Mütter, Töchter. Bis zu einem gewissen Punkt kann ich das als Mann verstehen. Doch ich habe ein Königreich zu regieren. Und er wird dies ebenfalls einmal tun. Er braucht unbedingt eine Frau, die sich nicht für dieselben Dinge interessiert wie er. Die ihn ermahnt, seinen Pflichten nachzukommen. Die ihn führt und leitet. Geschickt und ohne dass er es merkt. Von der ersten Sekunde an, da ihr eintratet, wusste ich, dass Ihr eine solche Frau seid. Ich werde morgen bei dem Ball eure Verlobung bekannt geben und erwarte Eure Gegenwart an der Seite meines Sohnes auch bei den heutigen Hinrichtungen."

„Ist dies ein Befehl, Majestät?"

Er sah sie nur an und da wusste sie bereits, dass sie sich nicht weigern konnte. Eine echte Prinzessin hätte mit ihrem Ungehorsam großes Unglück über ihre Familie gebracht. Doch Tonja war nicht Prinzessin Flareja. Sie war ja äußerlich noch nicht einmal sie selbst, sondern ihre Schwester Felia. Also fragte sie nach, als der König nicht antwortete.

„Was gedenken Eure Majestät zu tun, wenn ich mich weigern sollte Euren Sohn zu heiraten?"

Sein Blick war mehr erstaunt als wütend.

„Legt Ihr es darauf an, sogleich mit den anderen hingerichtet zu werden?"

Sie schüttelte den Kopf.

„Dann seid Ihr entlassen."

Der König betätigte eine Klingel, nahm die Schriftstücke wieder zur Hand und wandte sich zum Fenster.

Vor der Tür warteten die drei Kammerzofen, die sie angekleidet hatten.

„Für die Hinrichtung werden wir Euch noch einmal umkleiden", sagte die Alte missbilligend, als wüsste sie genau, was der König entschieden hatte.

„Dem mag so sein", sagte Tonja. „Aber ich werde erwartet. Ich werde rechtzeitig zurück sein."

Damit ließ sie die einfältig dreinblickenden Dienerinnen stehen und rannte davon.

Der Plan

Felia lief ungeduldig vor den Buchsbaumgiraffen auf und ab. Tonja verspätete sich, was sonst nicht ihre Art war. Endlich kam sie gehetzt um die Ecke gelaufen.

Als sie zu Atem gekommen war, berichtete sie von den Gesprächen mit dem Vater und dem König.

„Das ist eine ungute Entwicklung", bemerkte Viktor. Tonja nickte zustimmend, aber Felia verstand nicht, was daran so schlimm sein sollte.

„Es ist doch wunderbar, dass der König die Ehe befürwortet", sagte sie.

Sie traute sich nicht, über ihre vertauschten Identitäten zu sprechen, obwohl Viktor ja das Gespräch im Treppenhaus belauscht hatte und darüber Bescheid wusste. Er hatte sie auch am Vormittag nicht weiter dazu befragt.

„Verstehst du nicht?", sagte Tonja. „Der König hat einer standesgemäßen Partie zugestimmt, nicht der Hochzeit mit einer Henkerstochter."

Jetzt nickte Viktor zustimmend.

„Ich fürchte, das Ganze hat eine unerwartete Wendung genommen. Es ist vielleicht besser ..."

140

„… zu fliehen", vollendete Tonja den Satz.

Felia sank auf einer Bank in sich zusammen.

„Ihr habt ja recht", maulte sie. „Aber es ist so ungerecht. Es ist das, was ich mir immer …" Sie brach ab und sah Viktor schuldbewusst an. Dieser senkte den Blick.

„Warum hilfst du uns?", fragte Tonja.

„Ich … fühle mich schuldig", gestand er. „Mit diesem eigenartigen Tausch eurer Persönlichkeiten habe ich zwar nichts zu tun, aber ohne diese dumme, alberne Mutprobe wärt ihr wahrscheinlich nicht hier. Außerdem halte ich vieles von dem, was der König tut, für Unrecht. Die Bärenmänner aus dem Osten im Kerker … Sie verteidigten die Sümpfe, weil es ihr Land ist. Es gibt Gründe für ihren Widerstand, und das sind nicht jene, die der König alle glauben machen will."

Er rieb sich die Stirn und die Schläfen.

„Ich will ehrlich mit euch sein. Wenn der Betrug mit der falschen Prinzessin auffliegt, wird man dir", er schaute Tonja an, „die Schuld geben. Euer Vater wird seines Amtes enthoben und mit Schimpf und Schande verjagt werden oder gar Schlimmeres. Dasselbe, wenn nicht gar ein härteres Schicksal, wird euch widerfahren, zumindest Tonja beziehungsweise Felia, je nachdem wer in welchem Körper weilt. Weder König noch Sohn kennen Ehre oder Gnade."

Entschlossen ging er auf Tonja zu.

„Ich kann Pferde für die Flucht bereitstellen. Und ich werde mit euch gehen. Ihr müsst zu den Hexen des Westens, dort kann man euch verstecken und …"

„Und du?", fragte Tonja. „Noch kannst du heil aus diesem Schlamassel herauskommen."

Er sah erst sie an, dann blickte er zu Felia und wieder zu ihr.

„Ich kann euch Pferde besorgen", wiederholte er mit Nachdruck.

Die Schwestern schauten sich ratlos an.

„Nein", sagte Tonja entschieden. „Wir müssen die Hinrichtungen verhindern. Erst danach werden wir fliehen."

„Und was ist mit Vater?", fragte Felia.

„Wir werden sehen, ob er mit uns gehen oder uns aufhalten will", antwortete Tonja und fragte Viktor: „Kannst du meine Schwester so einkleiden, dass Vater sie nicht erkennt? Dann müsstet ihr in unsere Nähe kommen, sodass wir einander hören und möglicherweise berühren können."

Viktor nickte.

„So ist es entschieden", sagte er.

Da fiel Felia etwas Wichtiges ein.

„Warte, Schwester! Müssen wir uns nicht streiten, damit ein Sturm aufkommt?"

Tonja lächelte.

32.

Die Hinrichtung

Der Himmel strahlte in einem wolkenlosen, tiefen Blau, als am Nachmittag die Tore zum Schlosshof geöffnet wurden, um dem Volk Einlass zum Schauspiel der öffentlichen Hinrichtungen zu gewähren.

Tonja schritt an der Seite von Prinz Hektor einen langen Gang hinunter. Er hatte sie vor dem Einkleidezimmer abgeholt.

Der Königssohn sah ausnehmend gut aus. Seine Augen weiteten sich, als er Tonja in Felias herausgeputzter Gestalt erblickte.

Tonja fühlte sich nicht länger veranlasst, ihm etwas vorzuspielen, aber für die geplante Befreiung der Verurteilten nahm sie seine Hand und ließ sich von ihm auf die Tribüne führen. Auf dem Weg dorthin sprachen die beiden kein Wort miteinander. Sie hatte aber das unbestimmte Gefühl, dass er ebenfalls ein Gespräch mit dem König gehabt hatte.

Viktor stand mit Felia, die als seine geheimnisvolle Begleiterin einen dünnen Schleier vor dem Gesicht trug, bereits zwischen den Adelsreihen, als der Prinz und Tonja aus der Tür traten und zu ihren Plätzen gingen. Sie

143

befanden sich nicht weit von ihnen entfernt. Lediglich ein schmaler Einlassgang trennte sie. Alle blieben stehen, bis der König und die Königin erschienen.

Tonja suchte ihren Vater und fand ihn ein wenig gebeugt neben seiner Axt stehend. Er hatte ihr einmal gesagt, dass er die schwarze Kapuze nicht trage, weil er wisse, was er da tue, und die Todgeweihten zumindest so viel Respekt verdienten, dass ihnen gestattet sein solle, ihm in die Augen zu sehen. Jetzt aber kam es ihr so vor, als sei er verwundet. Vermutlich dachte er, Felia wäre davongelaufen, da sie ja nicht, wie angewiesen, in der Kammer gewartet hatte. Er tat ihr leid, aber vielleicht hätte er ihnen die Welt nicht so lange vorenthalten sollen.

Der Regent und seine Gattin nahmen Platz. Ein Herold trat vor und kündigte die Richtersprüche an.

Sieben Frauen waren der Hexerei, der schwarzen Magie und des Teufelswerks beschuldigt worden und neun Männer der Ketzerei, der Aufwiegelei und der Verschwörung gegen den König. Allesamt waren sie für schuldig befunden und auf unterschiedliche Weise zum Tod verurteilt worden.

Die Todgeweihten wurden an Ketten aus dem Kerker gezerrt. Sie leisteten keinen Widerstand, geschunden, gequält und halb verhungert, wie sie waren, aber Schwäche und Angst führte dazu, dass sie sich nur schleppend vorwärtsbewegten.

Zuerst kamen die Männer. Sicher waren sie einst starke Kerle gewesen. Der Herold schilderte sie in Schreckensbildern als Horden, die Dörfer überfielen, raubten, vergewaltigten, mordeten und brandschatzten. Doch bei ihrem Anblick wusste Tonja urplötzlich, dass die Taten, die man ihnen nachsagte, allesamt Lügen waren. Sie verachteten den König und seine Gesetze. Sie waren Widerständler, das mochte wohl stimmen. Aber sie waren sicher keine Mörder und Vergewaltiger. Und nun waren die Männer dort unten nur noch Schatten ihrer selbst. Gebrochen und abgemagert schleppten sie sich durch die Menge.

Doch schlimmer noch waren die Frauen anzusehen. Für dieses Elend gab es kaum Worte. Junge Frauen, die in der Blüte ihres Lebens gestanden hatten, waren brutal misshandelt und entstellt worden.

Tonjas Herz schlug so wild in ihrer Brust wie ein gefangener Vogel in einem zu engen Käfig mit seinen Flügeln. Der Anblick, der sich ihr bot, schmerzte sie. Aus Angst sie könne weinen, senkte sie den Blick.

Dann suchte sie die Miene ihres Vaters zu ergründen. Verstand er sich etwa als Erlöser? Und war er das nicht vielleicht sogar? Sie wusste, dass er die Todesstrafe bei schweren Verbrechen für angemessen erachtete, die Folter jedoch verachtete. Dennoch setzte er die Urteile jener Machthaber und Handlanger um, die solche Methoden als Grundlage der Rechtsprechung nutzten. Vor allem waren dies der Kerkermeister sowie der Bischof der Region, der aber bei diesen Hinrichtungen nicht anwesend war.

Fünf Männer waren zum Strick verurteilt worden, sämtliche Frauen zum Tod auf dem Scheiterhaufen. Vier vermeintlichen Verbrechern stand die Enthauptung bevor.

Obwohl Tonja saß, überkam sie ein Schwindel von solcher Wucht, dass sie zur Seite zu kippen drohte. Sie hielt sich an dem hölzernen Geländer fest, das den hohen Adel vom einfachen Volk abgrenzte, und bemühte sich ruhig zu atmen. Übelkeit stieg in ihr auf. Es kam ihr so vor, als sorge eine Kraft dafür, dass nicht nur alles in ihrem Kopf umherwirbelte, sondern sich ihr zugleich auch noch der Magen umdrehte.

Felia und Viktor befanden sich nur zwei Armlängen von ihr entfernt und die jüngere Schwester hatte mittlerweile den feinen Schleier vor dem Gesicht entfernt. Niemand achtete auf die Frauen auf der Tribüne, da die Ereignisse der Hinrichtung alle Blicke bannten.

Der im Hof versammelte Mob geriet angesichts der Spannung in Bewegung und wurde lauter. Einige tuschelten, einer schrie etwas Unflätiges, ein Kind begann zu weinen. Mehrere Frauen beteten.

Tonja sah Felia an. Die Schwester in ihrem Körper hatte schreckgeweitete Augen, die Narben schienen auf einmal aus dem Gesicht hervorzutreten wie leuchtende Blitze und sie krümmte sich leicht, was dafür sprach, dass auch ihr übel war.

Tonja überfiel eine Sehnsucht nach ihrem alten Wesen. Zugleich spürte sie, dass sich etwas verändert hatte. Sie nahm eine große elementare Kraft in sich wahr und eine besondere Verbindung zu ihrer Schwester, ihrer Mutter und allen Frauen, die dort auf dem Scheiterhaufen standen. Diese Kraft durchfuhr sie wie ein Blitz, doch irgendwo war da auch ein lauter Donnerschlag. Unvermittelt verlor Tonja das Bewusstsein.

Viktor sah, wie Tonja in sich zusammensackte, und zeitgleich sank auch Felia ohnmächtig an seine Brust. Einen kurzen Moment lang herrschte gespenstische Ruhe. Dann wurde es unversehens entsetzlich dunkel. Eine grauschwarze Wolke zog über den Schlosshof hinweg und verfinsterte den Tag. Donner rumpelte über allen Köpfen und ein Blitz zuckte auf.

Tonja erwachte neben Viktor aus ihrer Ohnmacht. Die Menschen sahen bange nach oben zum düsteren Himmel, doch ungeachtet des Naturschauspiels wurde der erste Mann zum Henker geführt.

146

Orientierungslos versuchte Tonja zu begreifen, was geschehen war. Zuerst betrachtete sie ihre Hände, dann ihre Kleider und ihr Haar.

Sie war wieder sie selbst. In ihrem eigenen Körper!

Tonja wandte sich an Viktor.

„Ich bin es: Tonja!", sagte sie voller Freude und Erleichterung. Kurz runzelte er die Stirn, doch dann riss er die Augen auf.

Er sah *sie*. Sein Blick spiegelte wider, dass er diejenige wahrnahm, die er damals im Wald getroffen hatte. Er erkannte ihr wahres Wesen, ihr wahres Ich. Und schnell zeigte auch seine Miene Freude und Erleichterung.

Aus einem Impuls heraus, zog er sie an sich und küsste sie. Pure Euphorie durchfuhr sie und Tränen rannen ihr die Wangen hinab. Viktor ließ sie nur ganz allmählich los.

Um sie herum sprangen alle in Panik versetzt auf, denn Blitze zuckten wild über den Himmel.

Tonja wurde nun endlich Felia gewahr.

Die Schwester, die in den edlen Gewändern so prunkvoll aussah, hatte sich zusammen mit den sie umgebenden Menschen erhoben und ihr Gesicht spiegelte eine Entschlossenheit und Wut, die Tonja ihr niemals zugetraut hätte. Ihre Finger bewegten sich leicht, in etwa so, als würden sie durch einen dünnen Stoff hindurchgleiten. Kurz öffnete sie die Hand, streckte alle Finger und ein Blitz schoss in den Himmel.

Das grelle Licht sorgte für verängstigte Schreie im Gemenge. Mit einem Ruck stand Tonja auf. Sie musste ihre Schwester unterstützen bei dem, was sie da tat. Konzentriert leitete sie all ihre Gefühle in die Hände – Trauer über die schrecklichen Taten des Vaters, Wut über die Ungerechtigkeit und ein nie gekannter Mut. Ihre Finger schienen durch ein unsichtbares Weltengewebe zu gleiten. Doch anstatt die Hand auszustrecken, ballte sie eine Faust und unmittelbar ertönte ein Donner, so laut und heftig, dass die steinernen Schlosswände erzitterten.

Viktor strich sanft über ihren Rücken.

„Ich halte die Pferde bereit", sagte er, doch sie reagierte nicht.

Die Schwestern waren auf eine Weise verbunden, die niemand sonst wahrnehmen konnte und wofür sie sich nicht einmal ansehen mussten. Sie standen da, zwischen all den anderen Menschen, und verdichteten mehr und mehr die Wolken und ließen Blitz und Donner auf die Welt los.

33.

Der Sturm

Tonja spürte Felia und so war es auch umgekehrt. Sie fühlten die Kraft, die sie verband, und da sie diese jetzt mit Wissen und Willen benutzten, waren sie durch ihre Harmonie umso stärker.

Schon fiel der erste Tropfen. Er landete auf der Stirn des Mannes, den der Vater köpfen sollte. Der Henker stand neben dem Verurteilten und konnte die Axt nicht heben.

Mühselig versuchte der Herold, gegen das Getöse aus Blitz und Donner anzuschreien. Er verkündigte die Tat und das Urteil, doch die Menschen hörten es nicht. Ein zweiter Tropfen fiel und ein dritter. Eiskalte Winde fuhren wie Geister in den Schlosshof und ließen die Schaulustigen zittern.

Die Hexen auf den Scheiterhaufen lachten, so wie man es ihnen nachsagte, mit hämischer Freude und für jeden Menschen beängstigend. Sie riefen unbekannte Worte und Tonja fühlte, wie die Kraft in ihr noch weiter zunahm.

Plötzlich wurde sie gewahr, dass sie schwebte. Ihre Füße waren vom Boden hochgehoben worden und so geschah es mit Felia. Kaum hatte bei ihnen diese Erkenntnis eingesetzt, schossen sie wie Pfeile in die Höhe und erzeugten weitere Schreckensschreie bei den Umstehenden.

Tropfen für Tropfen ging hernieder, sie fielen gewaltig herab wie Geschosse. Der Wind wurde kälter und schneidender, das Lachen der Hexen überschlug sich, Regen trommelte mit harten Schlägen auf die Erde, die Menschen setzten sich panisch in Bewegung. Soldaten umringten den König und seine Gemahlin und führten sie von ihrem Podest ins Innere der Burg.

Prinz Hektor aber blieb stehen und starrte mit offenem Mund Felia hinterher, die mit ihrer Schwester unter der schwarzen Wolke im Kreis umherflog. Ihr Kleider und Haare flatterten befreit im Wind.

Der Regen war nun mit Hagelkörnern durchsetzt und der Vater hob das Richtbeil langsam mit beiden Händen, obwohl der Kopf des Todgeweihten noch gar nicht auf dem Block lag. Die Axt sauste nieder, vorbei an dem Gefangenen und hinein in das Holz. Während ein Donner knallte, schlug sie zeitgleich mit einem Blitz ein, so tief, dass ein gewaltiger Riss entstand, der den Block für immer unbrauchbar machte. Edmund Wetter zückte ein Messer und durchschnitt die Fesseln des zum Tode verurteilten Mannes, der ihn voller Erstaunen anblickte. Ein Soldat versuchte, ihn daran zu hindern, doch der Henker schlug ihn zu Boden.

Erst dann sah er zu seinen Töchtern auf. In seinem Blick lagen tiefe Verzweiflung und ein wortloses Flehen um Vergebung.

Während er die weiteren todgeweihten Männer befreite, sanken seine Töchter, inmitten von Wind, Donner, Blitz und Hagel, hinab zu den Scheiterhaufen und lösten die Fesseln der Hexen.

„Vater!", rief Tonja, nachdem alle Verurteilten befreit waren. Der Henker und seine beiden Töchter fanden im Getümmel zueinander.

„Meine geliebte Tonja!", sagte er, doch dann streckte er eine seiner Hände in Richtung der jüngeren Tochter aus. „Und auch du, Felia! Ich liebe dich genauso. Komm auch du zu mir!"

Er nahm beide Töchter fest in die Arme und Tränen rollten über sein hageres Gesicht.

„Bitte vergebt mir! Vergebt mir alles! Meine harsche Art und meinen Wunsch, euch vor dieser ungerechten Welt zu beschützen. Doch es geschah aus Angst davor, dass euch einst dasselbe Schicksal wie die anderen Hexen ereilt."

„Du wusstest, was wir sind?", fragte Felia.

„Ja, mein Kind. Schon immer. Ich war deshalb so hart zu dir, weil du in eine Welt drängtest, in der dir Übel drohte. Mir schien, ihr wäret getrennt voneinander besser aufgehoben. Bitte vergebt mir!"

„Vater", sagte Tonja, „wir gehen mit den Hexen in den Westen. Sie werden uns den Umgang mit unseren Kräften lehren und vieles mehr. Komm mit uns! Wir werden einander neu kennenlernen und du musst uns alles von unserer Mutter berichten."

Nun liefen die Tränen des Vaters umso mehr, denn er schüttelte den Kopf.

„Ich gehöre nicht in das Reich der Hexen. Ich werde mich den Bärenmännern anschließen und in die Sümpfe des Ostens gehen. Sie sind keine Mörder oder Wilde, wie der König es behauptet. Ich habe zu spät verstanden, dass sie sich immer nur gewehrt haben. Alles ist anders, als ich es dachte. Ich war selbst im Unrecht und ich will ihnen jetzt dabei helfen, die Dinge in Ordnung zu bringen. Meine Schuldgefühle würden euch belasten. Mein größter Wunsch ist, euch in Sicherheit zu wissen. Also geht! Geht in den Westen und lernt, was ich euch nicht beibringen konnte!"

Der Hagel wurde durch sanften, dichten Regen abgelöst. Eine geraume Zeit schon hatte es nicht mehr geblitzt und gedonnert, aber die Zuschauer waren allesamt aus dem Hof geflohen. In den trockenen Übergängen und Hauseingängen sammelten sich die Soldaten des Königs, um gegen die Hexen und den Henker vorzugehen.

Vor dem Tor erschien ein schwarz gekleideter Mann auf einem Pferd. Es war Viktor und er hatte zwei weitere Rösser für Tonja und Felia mitgebracht.

Die Schwestern und der Vater umarmten einander inniglich, als die Soldaten in den Regen traten, um sie anzugreifen. Da bauten sich die jungen Frauen auf, um dem Vater Schutz zu geben, so wie er sie ihr Leben lang beschützt hatte. Sie ließen Blitze und Donner niedergehen, dass Dachbalken einstürzten und Fässer auf die Soldaten herabfielen. Eindringlich forderte Tonja den Vater auf zu fliehen, doch Edmund Wetter reagierte nicht.

Zu spät bemerkten sie, dass der stolze, traurige, einsame und sich schuldig fühlende Henker seinen Blick kaum von seinen Töchtern abwenden konnte, und erst als er aufschrie, sahen sie, dass Prinz Hektor dem Vater von hinten ein Messer in die Brust gerammt hatte. Der große, mächtige Mann fiel auf die Knie und ging zu Boden.

Felia schrie und Tonja zerriss es das Herz. Die Frauen flogen auf Hektor zu, doch noch bevor sie ihn erreichten, stürzte auch er tot zu Boden. Ein Pfeil, abgeschossen von Viktor, hatte den Königssohn ins Herz getroffen.

152

34.

Viktors Erklärung

Blind und taub für alles um sie herum, schlug Tonja kurz und klein, was sich ihr in den Weg stellte. Die Soldaten des Königs flüchteten und so manch einer wurde dabei durch herabstürzende Balken und Gestein aus dem Mauerwerk aufgehalten. Der Hof wurde von Wassermassen überflutet und die Zerstörung, die zurückblieb, wirkte, als wäre ein riesiges Schiff mit voller Fracht am Schloss zerschellt.

Tonja fühlte gleichermaßen Felias Schmerz, die ihr in Raserei in nichts nachstand, und erst nachdem sich überraschend eine warme, unsichtbare Hülle um sie aufbaute, deren Herkunft sie nicht ausmachen konnten, schwächte sich ihr Toben ab.

Beide brachen über der Leiche des Vaters zusammen, weinten, schluchzten und flehten eine universelle Kraft an, ihn zurückzubringen. Dann griffen Hände nach ihnen. Tonja und Felia wehrten sich zunächst, bis sie erkannten, dass es keine Soldaten waren, die an ihnen zerrten, sondern die von ihnen befreiten Hexen. Sie zogen die schreienden und klagenden Schwestern von dem toten Vater fort, hin zu Viktor und den Pferden.

153

Die hageren Frauen, gebrochen und abgezehrt, küssten ihre Hände.

„Wir werden ihn von hier fortbringen und für euch begraben", versprachen sie. „Aber ihr müsst fliehen und zu unseren Schwestern eilen. Sie werden euch Schutz geben und euch helfen."

„Aber was wird aus der Nymphe Camena, wenn es nun hier nicht mehr regnen wird?", rief Felia plötzlich.

„Auch ihr werden wir zu helfen versuchen, aber nun reitet davon und rettet euer Leben!", antworteten die Hexen.

Felia saß auf und schließlich stieg auch Tonja in den Sattel. Sie wusste, dass für den Vater nichts wichtiger gewesen wäre, als seine beiden Töchter in Sicherheit zu wissen.. Schon erschienen erste Bogenschützen hinter den Zinnen.

Viktor eskortierte die Frauen zügig aus der Stadt und führte sie auf den richtigen Weg. Sie ritten bis tief in die Nacht. Erst als Felia vor Erschöpfung fast vom Pferd fiel, wurde eine Rast eingelegt.

Dreizehn Tage und Nächte dauerte ihre Flucht. Die Gespräche waren karg, die Nächte kurz und lediglich Viktors liebevolle Gegenwart erleichterte Tonja die Trauer um ihren Vater gelegentlich für einige Augenblicke.

Endlich wurden die Hochebenen des Westens sichtbar und sie durchquerten geheimnisvolle Wälder mit Bäumen, zehnmal so groß wie jene in Goldrin. Goldenes Licht streute Flecken auf moosbedeckten Boden, menschenhohe Farne schwangen sanft im Wind. Das Zwitschern unbekannter Vögel und das Surren von Insekten woben einen geheimnisvollen Klangteppich. Glitzernde Teilchen schwebten durch die Luft und Tonja spürte, dass sie in ein Reich voller Magie gelangt waren.

Sie fanden ein verlassenes Häuschen, das fast genauso aussah wie die heimatliche Hütte. Dort entschlossen sie sich, für mehrere Tage zu rasten.

Am selben Abend, nachdem die Stube geputzt, das Feuer im Kamin entfacht war und die erjagten und gesammelten Speisen verzehrt worden waren, sprachen sie zum ersten Mal über all das, was sich ereignet hatte. Sie redeten lange, weinten viel und schwiegen eine Zeit lang im Gedenken an den Vater, die Mutter, die Nymphe Camena und die arme verstorbene Hexe Hanne.

Als eine dünne Mondsichel den nächtlichen Zenit erklomm, zog Viktor einen Kamm aus Hirschhorn hervor. Es war ein einfaches, aber kunstvoll gefertigtes Objekt, das für ihn eine große Bedeutung besaß, wie Tonja annahm. Viktor betrachtete den Kamm versonnen von verschiedenen Seiten, dann sank er auf ein Knie und ergriff Tonjas Hand. Schlagartig verschwand ihre traurige Benommenheit, als ob ein schwerer Schleier gelüftet worden wäre. Für einen Augenblick vergaß sie die Anwesenheit der Schwester und den Tod des Vaters und sah nur einen gütigen jungen Mann vor sich, den sie von Herzen liebte.

„Du fragtest mich einst", sagte Viktor bedächtig, „warum ich euch helfe, und ich antwortete, ich würde mich schuldig fühlen und sähe Unrecht in des Königs Taten. Beides entspricht der Wahrheit, doch dies waren nicht die alleinigen Gründe. Meine Mutter gab mir einst diesen Kamm mit den Worten, ich solle ihn einmal der Frau schenken, die ich heiraten will. Mein Vater, ein Mann hohen Standes, ehelichte meine Mutter, obwohl mein Großvater ihn deshalb beinahe verstieß, denn er erachtete sie als nicht gut genug für seinen Sohn. Sie stammte aus einfachen Verhältnissen, besaß weder Vermögen noch Rang. Meine Mutter war aber nicht nur eine niedere Frau aus dem Volk, sie war zudem eine Fee, geboren auf einer der Inseln im Nordmeer. Sie beherrschte Zauberei und besaß großes Wissen in der Heilkunst. Das kennzeichnete sie nach den neuen Gesetzen des Königs von Weossuno als Ketzerin, als eine Hexe. Sie ging mit meinem Vater in den Osten und verbarg ihr wahres Wesen ein Leben lang, um unsere Familie nicht zu gefährden. Und an dem Kummer, den ihr das zufügte, ist sie gestorben.

Somit würde ich niemals wollen, dass die Dame meines Herzens ein solches Opfer erbringt. Willst du, Tonja Wetter, Tochter des Henkers Edmund Wetter und Gebieterin über den Donner, mich einfachen Mann ohne jedwede Kräfte, ohne Titel, ohne Ländereien und ohne das geringste Vermögen zu deinem Gatten nehmen?"

Tonjas grüne Augen funkelten vor Tränen des Glücks und nach einem kurzen ungläubigen Schweigen, erlöste sie Viktor mit ihrer Antwort.

Voller Inbrunst sagte sie: „Ja, das will ich."

Felia stieß einen Juchzer aus, klatschte in die Hände und ließ Blitze über den Himmel tanzen, während Viktor aufstand und mit dem Kamm Tonjas dunkles Haar zurücksteckte, sodass ihr ganzes Gesicht im Mondenschein zu sehen war. Er küsste ihre Wangen, beide Augen und zum Schluss ihren Mund und sie erwiderte den Kuss.

In der darauffolgenden Zeit, in der aus Tagen Wochen und Monate wurden und das kleine Häuschen zu ihrem Zuhause wurde, strebten aus allen Ecken des Waldes und auch aus den umliegenden weiter entfernten Gebieten Frauen herbei, die sich als Hexen verschiedener Stämme offenbarten und über ein großes Wissen verfügten.

Sie begrüßten die Gewitterhexen wie verloren geglaubte Schwestern aus einer Familie und hießen ebenfalls den einfachen Mann willkommen und akzeptierten seine Gegenwart.

156

Tonja heiratete Viktor und gebar ihm sieben Kinder, während aus Felia der Schönen Felia die Weise wurde. Wie sie es einst im Treppenhaus des Schlossturms gesagt hatte, konnte sie ihr gesamtes restliches Leben die sterbende Seherin Hanne und ihre Geschichte nicht vergessen. Deshalb strebte sie niemals wieder danach, einem Manne zu gefallen, obgleich dutzende ihrem Zauber erlagen. Jedoch lernte sie die Anführerin eines mächtigen Hexenstammes kennen und verliebte sich in sie. Mit ihr führte Felia ein glückliches, langes Leben.

Wie die Nymphe Camena es vorhergesagt hatte, erbten die beiden ältesten Töchter von Tonja und Viktor die Gabe des Gewittermachens.

Und wenn sie nicht gestorben sind, dann gewittern sie noch heute.

Ende

Über die Autorin

Jana Jeworreck
studierte Kulturwissenschaften mit Schwerpunkt „Kreatives Schreiben" bei Prof. Dr. Hanns-Josef Ortheil an der Universität Hildesheim.

Nach ihrem Diplom arbeitete sie zunächst am Theater später als freiberufliche Regisseurin.

2012 erschien ihr erstes Buch, der Fantasyroman „Reise in die Mitte von Mera", im Eigenverlag, das ebenfalls als gleichnamiges Hörbuch im Handel erhältlich ist.

Es folgte die Fantasytrilogie „Dreiland" in den Jahren 2017 bis 2019 mit großem Erfolg.

Weitere Informationen über die Autorin und ihre Projekte gibt es unter:

www.janajeworreck.de

158